LA LOI DU PLUS BEAU

Du même auteur dans la même collection :

Fly Me to The Moon,
nouvelle parue dans *Graines de Futurs* (n° 1)

Le Souffle de Mars (n° 4)

Clone connexion (n° 10)

Souviens-toi d'Alamo ! (n° 14)

La Compagnie de l'air,
nouvelle parue dans *Demain la Terre* (n° 17)

Petit Frère (n° 21)

Collection dirigée par Denis Guiot
Couverture illustrée par Manchu

Participation à l'ouvrage : Chloé Chauveau
et Dominique Montembault
Mise en pages : Studio Michel Pluvinage

Loi n° 49-956 du 16 juillet 1949
sur les publications destinées à la jeunesse
Dépôt légal : septembre 2004

ISBN : 2 7404 1751-9

LA LOI DU PLUS BEAU

Christophe Lambert

MANGO

La beauté est une meilleure recommandation
que n'importe quelle lettre.

Aristote

Mais non, mesdames et messieurs, nous ne cherchons pas à encourager la discrimination. Nous voulons juste mettre fin à une hypocrisie générale. Oui, on préfère voir de jolies hôtesses derrière les guichets d'accueil, et alors ? Où est le mal ? On préfère aussi voir des gens intelligents dans les labos de physique expérimentale, c'est logique. Chacun sa place. L'échelle d'Apollon ne sera rien de plus qu'un baromètre officiel, et les chefs d'entreprise resteront libres de ne pas en tenir compte s'ils le désirent.

Extrait du discours du Premier ministre
à l'Assemblée nationale, le 4 août 2021

Le secrétariat d'État à l'Esthétique a établi la classification suivante, appelée « échelle d'Apollon » :
Catégorie 5 : individu au physique éblouissant.
Catégorie 4 : individu au physique agréable.
Catégorie 3 : individu au physique moyen.
Catégorie 2 : individu au physique médiocre.
Catégorie 1 : individu au physique repoussant.

Chaque citoyen sera soumis à ce classement. La décision de la commission du SEE est souveraine. Aucun appel n'est autorisé. Une révision du classement aura lieu tous les deux ans.

Extrait du Journal officiel *du 21 janvier 2022*

Test

TOI AUSSI, AMI (E) LECTEUR (LECTRICE), CALCULE TON CLASSEMENT SUR L'ÉCHELLE D'APOLLON

(extrait du magazine *Glamourama*, du 7 avril 2023)

Sur quels critères la commission du SEE note-t-elle les citoyens ? Qui ne s'est jamais posé la question ?

La réponse, nous l'avons trouvée sous la forme d'un document officiel intercepté par l'un de nos reporters, infiltré dans les arcanes de l'administration. Vous pouvez maintenant, chez vous, vous amuser à tester votre beauté et celle de votre famille grâce à ce document EXCLUSIF ! Merci qui ?

MERCI *GLAMOURAMA* !

Les cheveux

Raides, secs, cassants : – 2

Du volume : + 1

Pellicules : de – 2 à – 4

Roux : – 1 (pour les garçons)
Blonds : + 1 (pour les filles)
Calvitie : de – 1 à – 5
Gris : – 1 (chez les filles)
Blancs : – 3 chez les femmes ; – 1 chez les hommes

Les yeux

Clairs : + 1 (+ 2 sur peau mate)
Avec paupières tombantes : – 2
Globuleux : – 2
Strabisme : de – 1 à – 5

Le nez

Nez fin : + 3
Nez droit : + 1
Nez épaté : de – 1 à – 3 (pas de malus pour les Noirs)
Grand nez : de – 1 à – 4
Nez busqué : – 3
Nez cassé : – 3
Nez crochu : – 5
Nez retroussé : + 1
Nez en trompette : de – 1 à – 3

La bouche

Sensuelle : + 2
En biais : – 3

Les dents

Blanches : + 2
Jaunes, tachées : – 2

Mal plantées : – 2
Dents manquantes : – 3
Hygiène buccale négligée (malus spécial « haleine de poney ») : – 3

Le menton
En galoche : – 3
Bonus « spécial fossette » : + 1
Double menton : – 2
Goitre : de – 3 à – 5

Le teint
Frais, lumineux : + 1
Grains de beauté disgracieux : de – 1 à – 3
Malus spécial « acné » : de – 1 à – 6
Malus spécial « rides » : de – 1 à – 8

Les seins (pour filles et andros)
Fermes : + 1
Volumineux : de + 1 à + 5
Petits : de – 1 à – 5
Qui tombent : de – 1 à – 3

Les fesses
Rebondies : de + 1 à + 3
Fermes : + 1
Cellulite : de – 1 à – 4

LA TAILLE (croissance terminée)

Pour les filles :

– 2 tous les 5 cm en dessous de 1,65 m

+ 2 entre 1,70 et 1,80 m

– 1 tous les 5 cm au-dessus de 1,85 m

Pour les garçons :

– 2 tous les 5 cm en dessous de 1,75 m

+ 2 de 1,80 m à 1,95 m

– 1 tous les 5 cm au-dessus de 2 m

LE POIDS

Pour les garçons

Le poids idéal est défini par l'équation :

(taille exprimée en centimètres – 100) – de 5 à 10 kg.

Exemple : le poids idéal d'un garçon de 1,75 m est compris entre 65 et 70 kg.

Malus grosseur : – 1 tous les 5 kg au-dessus du poids idéal maxi.

Malus maigreur : – 1 tous les 5 kg en dessous du poids idéal mini.

Pour les filles

Le poids idéal est défini par l'équation :

(taille exprimée en centimètres – 100) – de 10 à 15 kg.

Exemple : le poids idéal d'une fille de 1,70 m est compris entre 55 et 60 kg.

Malus grosseur : – 2 tous les 5 kg au-dessus du poids idéal maxi.

Malus maigreur : – 1 tous les 5 kg en dessous du poids idéal mini.

BONUS SPÉCIAL MUSCU

Avoir un corps athlétique est un atout : de + 1 à + 4
Mais attention à ne pas en abuser : de – 1 à – 4 si trop outrancier

Résultats du test

Supérieur ou égal à 10 (catégorie 5) : vous êtes un dieu, une déesse, et donc en droit d'attendre le meilleur pour vous. Bravo, vous le méritez !
Entre 3 et 9 (catégorie 4) : vous souriez et la vie vous sourit. C'est chouette d'être mignon, non ?
Entre – 3 et 2 (catégorie 3) : vous avez un physique passe-partout. Il faut faire avec.
Entre – 4 et – 10 (catégorie 2) : pas facile, hein ? Si vous en avez les moyens, pourquoi ne pas tenter une petite opération chirurgicale pour grimper au moins d'un cran ?
Inférieur ou égal à – 11 (catégorie 1) : sortez les rames et bon courage ! Est-ce bien nécessaire de dépenser votre argent en achetant *Glamourama* ? En plus, vous vous faites du mal.

Marc Herpoux consulte sa montre et soupire.

16:10

La journée touche à sa fin.

Tant mieux.

Marc fait passer des entretiens depuis huit heures du matin, et il commence à se sentir migraineux. Question-réponse, question-réponse. C'est assez monotone. D'autant plus que tous les candidats ont, grosso modo, les mêmes diplômes, le même parcours, bref, le même profil.

Le chasseur de têtes s'accorde une pause, boit un verre d'eau dans un gobelet en plastec puis, effleurant du doigt l'icône interphone de son écran, il lance :

— Faites entrer le suivant.

— Bien, monsieur Herpoux, répond son assistante.

Le suivant est une suivante.

Waouh ! *s'exclame intérieurement Marc.*

Grande, svelte, la fille a un physique de top model. La générosité de ses courbes et l'aspect un rien strict de son tailleur-jupe forment un cocktail détonnant.

Très jolies jambes, *constate Marc.* Les clients qui la verront en short vont pouvoir se rincer l'œil…

Les cheveux longs sont blond vénitien, les yeux bleu-vert. Une ligne de mâchoire délicate encadre la bouche ourlée de lèvres généreuses, d'un rouge dont on ne peut détacher le regard.

— Prenez place, mademoiselle, dit Marc en déglutissant péniblement. Nous allons revoir ensemble votre CV, d'accord ?

— Très bien.

Elle a la voix légèrement rauque. Craquante.

L'image holo du curriculum vitae se matérialise au-dessus du bureau. Marc la parcourt en diagonale :

— Karol Spengler, née en 2010. Vous avez donc vingt et un ans. Bac économie. Master de tourisme et licence d'anglais. Anglais, italien et allemand lus et parlés couramment. Stages chez Voyages.com et Transatlantic Travels. Centres d'intérêt : sports de montagne, running, sociologie et littérature…

Du solide, *pense Marc.* Comme les candidats précédents. Mais cette fille-là est vraiment canon.

L'entretien peut démarrer :

— Comment avez-vous su qu'Azur.com recrutait, mademoiselle Spengler ?

— J'ai catché votre annonce sur le web.

— Et qu'est-ce qui motive votre candidature ?

— Les voyages m'ont toujours fait rêver, je suis plutôt douée pour les langues et j'aime le contact avec les gens. Guide-interprète est le métier qui correspond le mieux à mes aspirations. Et puis, votre société a une

taille qui me convient : ni trop énorme ni trop confidentielle. On reste à une échelle humaine, quoi.

Un bon point pour toi, ma jolie, *note Marc.*

Le ping-pong verbal se poursuit sur le même mode durant dix minutes : oui, la jeune fille se considère comme quelqu'un de débrouillard ; non, le décalage horaire ne lui fait pas peur ; oui, elle connaît les rouages de la billetterie ; non, elle n'a jamais été engagée comme hôtesse dans des salons…

Questions-réponses.

Elle est parfaite, *songe Marc Herpoux.* Dynamique, de la classe… Elle donnera une excellente image d'Azur. com.

— Bon, eh bien je crois que tout est dit, mademoiselle Spengler. Vous aimeriez ajouter quelque chose ?

— Non. On a fait le tour, il me semble.

Elle sourit. Elle a (est-il besoin de le préciser ?) un très beau sourire !

Marc se lève, tend la main :

— Nous vous communiquerons notre réponse d'ici deux ou trois jours, mais je peux d'ores et déjà vous assurer que cet entretien a été très positif en ce qui me concerne. J'ai été charmé de faire votre connaissance.

Karol se lève à son tour et se saisit de la main tendue :

— Moi aussi.

À peine a-t-elle prononcé ces mots que son nez s'allonge comme celui de Pinocchio lorsqu'il ment !

L'agent recruteur en reste bouche bée.

— Je serais réellement ravie de travailler pour Azur.com, poursuit la jeune fille.

Son nez continue de grandir, puis rapetisse tout d'un coup. Marc a un mouvement de recul, les yeux écarquillés, et lâche avec dégoût la main de la jeune femme. Le sourire de la candidate se crispe. Elle sent qu'il y a un problème.

— Monsieur Herpoux, vous… vous êtes tout pâle.

Le visage encore si harmonieux la minute d'avant se déforme de façon grotesque. Une tête complètement différente émerge de cette bouillabaisse de traits indistincts. Les cheveux raccourcissent et virent au roux. Les rondeurs de la poitrine disparaissent !

— Qu'est-ce que ça signifie ? coasse Marc, ses lèvres rétractées sur les dents.

Il continue de battre en retraite, jusqu'à ce que son dos touche le mur du fond. Karol recule à son tour, l'air paniqué, muette.

— Sécurité ! crie Marc à l'adresse de son assistante, dans la pièce d'à côté. Appelez la sécurité !

La jeune fille sort du bureau en courant, bouscule la secrétaire. Elle pleure, le visage caché entre ses mains, mais, lorsqu'un vigile tente de l'arrêter dans le hall d'accueil, elle l'écarte d'un atémi au plexus. Le gorille s'affaisse.

Elle débouche dans la rue, jette ses chaussures à talons hauts qui la faisaient trébucher et se met à courir de plus belle.

I
Karol

Courir. Courir pour effacer ce qui s'est passé. Courir pour fuir la réalité. Courir.

La honte ! ! !

Je suis vraiment la dernière des idiotes. Voilà ce qui arrive quand on veut jouer les Cendrillon au rabais ! J'aurais dû acheter un meilleur modèle de nanomorphing. Pourtant c'était marqué sur la boîte : « Vous aussi, vous avez le droit de rêver : Nanomorph 3000 vous garantit un physique de star pendant au moins trois heures ! » Trois heures, tu parles ! Une heure et demie à tout casser.

Je cours.

De toute façon, tu aurais fait quoi, ma vieille, si ça avait marché ? Tu te serais déguisée en bimbo tous les jours avant d'aller au boulot ? Ben oui. Avec mon salaire, j'aurais pu m'acheter un nanomorphing haut de gamme, peut-être même un maquillage 3D ! Et, à la longue, une fois mon travail apprécié et reconnu de tous, je me serais autorisée à tomber le masque ; petit à petit, enfin, peut-être…

Je cours.

Les gens doivent me regarder bizarrement : une folle, pieds nus, peut-être une droguée. Je ne veux pas croiser leurs yeux. Je bouscule une femme. Elle m'insulte. Je ne ralentis même pas. Le bruit de la rue, un concert de klaxons, de bip bip, de tambourins et de franglais, me donne mal au crâne. Des slogans clignotants dansent en l'air : « Achetez-en un, recevez-en deux ! » ; « Des progrès rapides et garantis en seulement trente jours ! (un cadeau lors de votre première commande) »…

Je cours.

Pourquoi avoir agi aussi bêtement ? C'était pas raisonnable… Ouais, peut-être. Mais j'ai des circonstances atténuantes. Cela fait des mois et des mois que je cherche un boulot. J'en avais marre d'entendre des trucs du genre : « Mademoiselle, concernant les emplois touchant de près ou de loin aux tractations, à l'encadrement, la transmission des connaissances, la représentation ou encore le contact avec des partenaires, des clients, nous recherchons des profils catégorie 4 ou 5 sur l'échelle d'Apollon… »

Et moi, pas de bol, je suis classée un cran audessous : une grande bringue dégingandée, coiffée à la garçonne, les cheveux roux, la peau laiteuse, le visage osseux mais doté d'une bouche généreuse. Ni canon ni moche. Catégorie 3, quoi.

Pourtant, je dois absolument trouver un job. Un vrai job, j'entends ! Autre chose que mon mi-temps chez McBurger. Je dois réussir. Pour moi. Pour Zoltan.

Je cours…

J'essaie de me recomposer un visage détendu à mesure que je monte les marches de mon immeuble. Parvenue au dernier étage, je frappe à la porte de Mme Voisin. C'est ma voisine de palier et elle s'appelle Mme Voisin. Drôle, non ?

— Ah, bonjour, mon petit chou, dit-elle en ouvrant.

Mme Voisin doit avoir soixante-dix ans bien sonnés. Toute ronde, mignonne à croquer, elle coiffe ses cheveux blancs en chignon et ne porte que des gilets tricotés par elle-même.

Elle tient un bébé dans les bras. Mon fils, Zoltan, dix mois.

— Oh, vous avez mauvaise mine, mon petit chou. Comment s'est passé votre entretien ?

— Bien, je mens. Il n'y a plus qu'à attendre la réponse.

J'ai le moral dans les chaussettes mais je m'efforce de sourire. Mme Voisin est tellement gentille. Je ne veux pas l'inquiéter.

— Je suis sûre que vous allez trouver, acquiesce-t-elle. Il ne faut jamais perdre espoir. Nous avons tous une bonne étoile qui veille sur nous.

— Oui, bien sûr… Bonjour mon amour (je prends Zoltan qui gazouille en faisant des bulles avec sa bouche). Il a dormi cet après-midi ?

— Pas longtemps. Je crois que ses dernières dents sont en train de sortir.

En d'autres termes, la nuit s'annonce difficile. Je soupire :

— Merci pour tout, madame Voisin. Vous ne pouvez pas savoir à quel point vous me rendez service.

— Bah, il est tellement trognon, votre trésor.

— Je ne sais pas comment je ferais sans vous. J'espère un jour vous dédommager pour…

— Pas de ça entre nous. Vous avez amené un peu de vie et d'animation dans cet immeuble qui en avait bien besoin : ça n'a pas de prix ! J'ai vécu toute ma vie ici, vous savez ? C'est agréable de voir arriver du sang neuf.

— Merci quand même.

Mme Voisin fait un geste de la main du genre « arrêtez ça ».

Nous nous embrassons. Je me retiens de pleurer.

Je referme la porte de la chambre de bonne où je vis seule avec mon fils. J'ai connu le papa de Zoltan à la fac. Il a appris qu'il avait décroché une bourse pour étudier aux États-Unis le jour où je lui ai annoncé que j'étais enceinte. Il n'a pas hésité une seconde. Je ne l'ai jamais revu.

Zoltan pleure.

— Oui, oui, bébé, attends… Je vais préparer le biberon…

Pas eu le temps de faire la vaisselle ce matin. Pas eu le temps de faire le ménage non plus. Difficile de trouver un centimètre carré de moquette vierge : je trébuche sur les paquets de couche, les jouets et les boîtes de lingettes. Je lave le biberon. Où sont ces fichues céréales en poudre ? Ah, là, derrière le lait. Zoltan hurle.

— Ouais, ça vient, chéri, ça vient !

Les voisins du dessous vont encore râler. Tant pis. Je fais réchauffer le biberon au bain-marie. Hop, une goutte sur le dos de la main pour voir si le lait n'est pas trop chaud. OK, c'est bon.

— C'est prêt, ça y est !

Zoltan se calme dès que sa bouche se referme sur la tétine. Je le regarde boire, les yeux clos. Il est beau. De quel classement écopera-t-il en grandissant ? Je ne le saurai que dans quatre ans, lors de son premier passage devant la commission. J'espère pour lui qu'il sera mieux noté que moi. Son père était plutôt pas mal, alors, avec un peu de chance…

Dehors, la nuit tombe. Le RE-Air, le nouveau métro sur rail magnétique, glisse au-dessus du toit et fait vibrer les murs. À la longue, on le remarque à peine. Bon, ça affole les appareils électroménagers et l'ampoule du plafonnier a explosé deux ou trois fois, mais il paraît que ça ne détraque pas l'organisme. C'est le principal, non ?

Zoltan a fini. Il s'est endormi. Je le couche tout doucement dans son petit lit, puis l'embrasse.

— Je t'aime, bébé…

Il est ma force, ma lumière dans la nuit.

Je me prépare un plateau-repas et mange sans appétit. Je suis crevée. J'allume mon bloc 3D, volume sonore au minimum. Je zappe. Pub pour un lait hydratant… Pub pour un shampooing… Pub pour un rouge à lèvres… À chaque fois, des filles sublimes, irréelles (refaites ?) rivalisent de beauté et de perfection. Des catégories 5, à coup sûr.

J'éteins la télé rageusement. Marre de cette intox.

Je verse le contenu de mon plateau dans l'évier. Je me sens trop lessivée pour faire la vaisselle et ranger.

— On verra ça demain.

Je me laisse tomber sur le lit et m'endors presque aussitôt.

2
Momo le sumo

06:15

Le réveil sonne.

La nuit a été rock and roll, comme prévu. Zoltan s'est réveillé deux fois, les gencives gonflées, toutes dures. Ses dents sont prêtes à percer. À chaque fois, je l'ai massé avec un gel qui a paru le soulager. Il s'est rendormi en mordillant son doudou. Moi, j'ai eu du mal. Des pensées angoissantes tournaient dans ma tête. Elles y tournent encore. À vrai dire, elles ne me quittent jamais.

Est-ce que je vais m'en sortir ?

Je prépare le biberon du matin comme une zombie, les yeux réduits à l'état d'une paire de fentes horizontales. Zoltan ne veut pas boire. Il est grognon. Je le dépose dans son parc avec une boîte de biscuits. L'emballage semble l'intéresser davantage que les gâteaux.

Je fais ma toilette en vitesse. Mon visage dans la glace me fout la trouille.

C'est combien en moins, les cernes, sur l'échelle d'Apollon ?

La nature m'a dotée de ce que j'appelle « un physique à géométrie variable ». Certains jours, bien arrangée, bien maquillée, j'attire les regards. D'autres fois, je suis tout simplement horrible… Hum, je ne pense pas que je vais attirer beaucoup de regards aujourd'hui. Et dire que j'ai un entretien cet aprème…

Je dépose mon fils chez Mme Voisin avec les couches, la pommade, le lait, les compotes… Un gros bisou, une bonne inspiration, et en route pour une nouvelle et exaltante journée dans la vie de Karol Spengler !

Le matin, je travaille chez McBurger, aux cuisines. Le boulot est ennuyeux, répétitif, mais le pire, c'est Franck, le petit con boutonneux qui nous chapeaute. Il est désagréable, pour ne pas dire hargneux, et semble n'avoir qu'un but dans la vie : devenir l'employé du mois. Les autres membres de mon équipe sont sympa. Il y a beaucoup de jeunes, des étudiants, pas mal d'étrangers. Des « précaires », quoi.

Il est quatorze heures, et j'ai tout juste le temps de repasser chez moi, histoire de me changer. Hop, une bonne douche pour faire partir l'odeur de graillon, un peu de maquillage pour ravaler la façade et me voilà prête. Je mangerai une autre fois. Un petit tour chez ma voisine. J'embrasse Zoltan en coup de vent. Il ne comprend pas que je m'en aille aussitôt. Ses pleurs me déchirent le cœur, mais je n'ai pas le choix. Je suis déjà en retard.

J'arrive à mon rendez-vous toute essoufflée. Le chasseur de têtes, un petit bonhomme taciturne avec de grandes dents de devant, me reçoit assez froidement. Il examine mon CV. La conversation qui suit est expéditive. On dirait que ça coince quelque part. Pourtant, sur le papier, j'ai toutes les qualités requises. Ils cherchent une guide-interprète capable de s'occuper de touristes anglais et allemands, deux langues que je maîtrise à cent pour cent ! À la fin de l'entretien, je finis par soupirer :

— Qu'est-ce qui ne vous convient pas ? J'ai les diplômes ! Et les stages m'ont apporté une expérience pratique !

— Nous vendons du rêve, mademoiselle, lâche mon interlocuteur. C'est pour cela que nous recherchons en priorité des animatrices classées catégorie 4.

Je connais la chanson. Je l'ai même tellement entendue que, cette fois, la moutarde me monte au nez.

— Et pour faire passer des entretiens bidon, vous êtes classé combien ? je lui jette à sa face de hamster.

— Mais, mademoiselle...

Je prends ma veste et sors en claquant la porte.

Je marche dans la rue, les poings serrés, les mâchoires crispées.

À la limite, j'arrive à comprendre que la « beautécratie » impose sa loi dans le show-biz... mais dans le tourisme, bon Dieu ! Je dois me rendre à l'évidence : mes études ne servent à rien. La première potiche venue a plus de chance que moi de trouver une place !

Il fait un froid mortel mais je bouillonne intérieurement. J'ai besoin de me défouler, de me purger de toute cette rancœur. L'enseigne lumineuse des Thermes de la Défense (l'un des cent douze temples du corps de la capitale) attire mon attention. Je fouille dans mon sac à la recherche de ma carte d'adhérent. Son contenu se renverse sur le trottoir. Décidément, c'est pas mon jour. Je ramasse tout... Ah, voilà la carte. Crotte, j'arrive en fin d'abonnement. Je traverse la chaussée, insère ma carte dans le digicode et pousse la grande porte ornée de colonnades en stuc.

Les Thermes de la Défense est un établissement relooké Rome antique (chaque temple du corps a son propre thème, son propre design).

J'entre dans un vaste hall carrelé. Musique d'ascenseur. Senteurs discrètes (lavande ?). Frises qui courent le long des murs. Je marche sur des mosaïques représentant des scènes de la vie romaine, quelques batailles, notamment la victoire de Samothrace...

—Bonjour, Karol, me lance la fille de l'accueil (dents de porcelaine, perruque blonde peroxydée faisant casque). Comment vas-tu ?

Je ne connais pas cette nana, plantée devant moi comme un arbre en pot. Ma carte lui a fourni une fiche signalétique détaillée, c'est tout. Sa fausse familiarité m'exaspère, mais je réponds quand même :

—Je vais bien, merci.

—Oh, Karol, je vois que ton abonnement va bientôt expirer ; tu veux te réinscrire ?

—Heu... pas aujourd'hui.

—C'est dommage, nous avons justement une offre spéciale « fidélité + » à te proposer !

— Merci, ça ira.

— Je me permets d'insister. Cette offre est une occasion unique pour toi de…

Et là, je m'énerve :

— Primo : je vous demanderai de ne pas me tutoyer. On n'a pas élevé les cochons ensemble ! Deuzio : j'ai payé, donc j'ai encore droit à une séance, alors virez votre popotin de mon chemin. Reçu ?

La nana s'exécute, interloquée :

— Heu, ben, oui, reçu…

J'ajoute :

— Faut pas me prendre la tête aujourd'hui !

Je file vers les vestiaires en allongeant le pas pour mettre au plus vite le maximum de distance entre Miss Sourire et ma pomme.

Des hologrammes de culturistes bodybuildés et de pin-up bronzées sortent du néant puis s'évanouissent sur mon passage. Une vidéo 3D diffuse en boucle l'interview (mal doublée) d'un champion du monde dont les pectoraux hypertrophiés sont parcourus par un fin réseau de veines saillantes :

— Quels sont les secrets de votre réussite, Andy ?

— Oh, c'est très simple : il faut être positif, ne pas se plaindre inutilement, travailler sans relâche et, enfin, cultiver l'amitié de sportifs de la taille de Wade Dillon, Chad Nichols ou Jorge Luis Gamboa.

Merci pour tes précieux conseils, Andy !

Je traverse un couloir en forme de tube transparent qui survole la piscine et le coin fitness. Les maîtres nageurs (en toge et sandalettes) encouragent des dames d'âge mûr qui pratiquent l'aquagym. En face, des hommes et des femmes éclaboussés de couleurs psychédéliques font des exercices au rythme d'une musique syncopée.

Les vestiaires.

Je trouve un casier vide. J'introduis ma carte, attends un moment que le distributeur crache un body jetable à ma taille. Me change en trente secondes chrono et entre, surexcitée, dans la salle de muscu. J'ai l'impression que mes terminaisons nerveuses sont parcourues d'éclairs. Les poings me démangent. Ce gros sac en cuir qui pendouille là-bas, au fond, fera très bien l'affaire.

Je passe devant des clients qui transpirent, vissés à des appareils de torture, véritables chevalets des temps modernes. Les corps luisants s'agitent en cadence sous les néons. Une, deux ; une, deux. Toute cette viande. On dirait l'étalage d'une boucherie.

Je me jette littéralement sur le gros sac.

Tiens, prends ça ! Crochet du gauche, du droit, coup de pied circulaire ! Han ! Bon sang, ça fait du bien ! Ouais, je sais, la boxe thaï, je ne l'avais pas mise sur mon CV. Pas très « jeune fille distinguée ». Pas très classe. Ma mère aurait préféré me voir prendre des cours de danse classique, mais les entrechats et les tutus roses, ça n'a jamais été mon truc ! Je frappe, je cogne et c'est bon ! Han ! Pourquoi je ne suis pas une catégorie 4, hein ? Pourquoi j'ai pas décroché le bon numéro à la loterie cosmique ? J'ai dû faire une connerie dans une vie précédente ! Han, c'est trop injuste ! Prends ça, le sac !

— Waouh ! Alors ça, c'est de la colère ou je ne m'y connais pas !

Je me retourne, le cœur battant. Le garçon qui vient de me parler a dans les seize dix-sept ans. Il est obèse, ce qui fait de lui un « catégorie 2 », au mieux… mais son visage a un certain charme. Ses cheveux noirs sont taillés en brosse, à la tondeuse. Il semble d'origine asiatique, à moins que ce ne soit la graisse qui lui bride les yeux. Il me sourit et continue sur le même ton :

— Il a dû vous faire une drôle de crasse, votre petit ami, pour vous mettre dans une rogne pareille ?

— Je n'ai pas de petit ami.

— Vraiment ?

Une lueur furtive s'est allumée dans ses yeux.

Soudain, sans crier gare, je m'effondre en larmes ! Trop de tension accumulée, trop d'échecs, trop de trop… Je pleure et je ne peux plus m'arrêter.

— Je suis désolé, dit le gros garçon, je ne voulais pas…

— C'est pas de ta faute.

Il me tend un Kleenex. Je me mouche et ça va déjà mieux. Je renifle, me calme.

— Je peux t'aider ? hasarde mon copain le sumo.

— Non, tout va bien.

— Tu sais, parler, des fois, ça soulage.

Il n'a peut-être pas tort. Il a l'air cool. Je vide mon sac : ma recherche de travail, les entretiens foireux, les réponses négatives…

— Tout ça parce que je postule pour des jobs où, en dessous d'un niveau 4, tu es mal barré.

— Guide ou interprète, ça nécessite un niveau 4 ?

— Maintenant, oui. Ils veulent des filles canon dans tous les secteurs, de toute façon.

— Moi, je te trouve mignonne.

— Tu es gentil.

— Non, je suis sincère…

Il ouvre la bouche pour ajouter quelque chose, mais semble hésiter. Il veut me proposer un rencard ? Le voilà qui sort un morceau de papier de son survêtement. Il me le tend :

— Tiens. Je suis d'accord avec toi au sujet de l'échelle d'Apollon. C'est dégueulasse. On est plusieurs à penser comme ça. En fait, on est de plus en plus nombreux. On se réunit à cette adresse tous les jeudis soir, à partir de vingt-deux heures. Tu es la bienvenue, si ça t'intéresse.

— Jeudi ? C'est ce soir…

— Oui. Moi, j'y serai.

Je regarde le bout de papier, intriguée :

— Mais, vous faites quoi à ces… ces réunions ?

— On cherche des solutions. On veut faire bouger les choses… Tu viendras ?

— Peut-être. Je vais voir si je peux m'arranger. Merci pour l'invitation, en tout cas.

Je me lève. Il me tend la main.

— Moi, c'est Momo. Et toi ?

— Karol.

Il hoche la tête et me sourit. Il a un sourire qui respire la franchise.

— Ben, à plus, alors ?

— Oui, c'est ça, à plus tard.

Je repars vers les vestiaires. Une douche ! Je donnerais mon royaume pour une douche chaude !

— Hééé !

C'est Momo qui revient à ma hauteur. Il prend un ton de conspirateur :

— Si tu viens, il y a un mot de passe.

— C'est quoi ?

— Quasimodo.

3
Groupe Héphaïstos

22:00

Les nuages flottent bas sur Paris.

Je franchis la ceinture intérieure, ce ruban de béton et d'asphalte qui fut autrefois le périphérique. Depuis que la capitale s'est agrandie, la banlieue de Gentilly est devenue le trente-deuxième arrondissement. Pas exactement ce qu'on pourrait appeler un quartier huppé : une succession de gargotes, de laveries automatiques ouvertes la nuit, de vitrines protégées par des rideaux en treillis… De loin en loin, une alarme se déclenche sans que personne n'y prête attention. Des filles au maquillage plus tapageur que les enseignes lumineuses font le trottoir. Glauque. Je passe mon chemin rapidement, non par peur de me faire agresser (sans me vanter, je ne suis pas mauvaise en self-défense) mais parce que je suis à la bourre.

J'ai beaucoup hésité avant d'aller à ce rendez-vous nocturne. Je n'aime pas abandonner mon petit Zoltan le soir, même si je sais qu'avec l'écoute-bébé et

Mme Voisin prête à intervenir à tout instant il ne risque rien.

Je regarde encore l'adresse sur le papier : 17, rue du Président-Sarko. C'est bien ici. Coincée entre un salon de massage et un fast-food, une volée de marches mène à une porte gardée par un géant vêtu d'un blouson en faux cuir. Front bas, nez busqué, il me toise d'un air de défi, les bras croisés. Je soutiens son regard.

— Kès tu veux, poupée ?

— Quasimodo ?

Il s'efface et me fait entrer sans dire un mot. La lourde porte se referme avec un grincement insupportable, pareil à un ongle qui laboure un tableau noir.

Je remonte un couloir mal éclairé au bout duquel j'entends un vague brouhaha. L'endroit pue la bombe anticafards. Mes pas résonnent de manière sinistre. Cette fois, j'admets que ne suis pas trop rassurée. Et si ce Momo était un cinglé ou un type chargé de rabattre des filles naïves dans des soirées un peu spéciales ? Je m'arrête. J'ai brusquement envie de faire demi-tour.

Je retiens mon souffle, l'oreille tendue. Le brouhaha s'est mué en voix très calmes, en applaudissements polis. S'il s'agit d'une secte, en tout cas, ses membres ont l'air plutôt zen. La porte s'ouvre ; je me raidis. C'est la silhouette de Momo qui s'encadre dans le rectangle lumineux.

— Karol ?

— Euh, oui…

— Ah, je suis super content de te voir ! Viens, on a déjà commencé.

Il me fait signe d'avancer. J'obéis, même si je ne sais pas du tout où, et surtout dans quoi, je mets les pieds.

Changement de décor. Nous voilà dans une grande salle où le moindre bruit provoque une tripotée d'échos. Un théâtre à l'abandon ? Un ancien cinéma (depuis l'avènement du Home 3D, plus personne ne se déplace pour aller voir des films sur grand écran) ? Des rangées de fauteuils descendent jusqu'à une scène encadrée par des tentures de velours carmin. Le public se compose d'une vingtaine de silhouettes disséminées parmi les premiers rangs. Ces silhouettes se précisent à mesure que j'accompagne Momo dans la travée centrale. Je distingue beaucoup de catégories 1 ou 2 : des personnes ridées, des gros, des grands maigres, des chauves, des presque nains, des nez trop longs ou trop aplatis, des mentons en galoche… À côté de tous ces gens, je me fais presque l'effet d'être une bombe sexuelle. On a bien raison de dire qu'au royaume des aveugles les borgnes sont rois.

Momo m'indique un siège au deuxième rang :

— Installe-toi.

Il prend place à côté de moi alors qu'un quinquagénaire au visage de basset triste monte sur scène. L'homme raconte qu'il a été licencié à cause du jeunisme qui fait des ravages dans son entreprise. Vient le tour d'une femme étrange, le teint cireux, le nez raboté, les yeux fardés de noir. Elle dit qu'elle a subi dix-sept opérations de chirurgie esthétique pour continuer à plaire à son mari, mais que celui-ci a fini par l'abandonner pour une femme plus jeune, plus belle.

Un pauvre type qui ressemble à un grand brûlé accuse les machines à bronzer UV Express d'être responsables de son état actuel. La somme de souffrances cachées derrière tous ces récits est considérable. Un rituel s'installe, l'air de rien : chaque intervenant monte sur l'estrade, donne son prénom, explique son cas et, quand il a fini, redescend tandis qu'on l'applaudit en le remerciant, un peu comme aux Alcooliques anonymes : « Merci, Tanya »; « Merci, Andréas »; « Merci, Francis »... Et puis il y a cette jeune fille pâle de seize ans, aux grand yeux comme perpétuellement étonnés, qui m'évoque un oisillon tombé du nid.

—Je suis anorexique, annonce-t-elle tout de go. Cela fait deux ans que ça dure. Je... je voulais ressembler à ces filles sublimes des magazines, bien sûr, et puis, je ne sais pas... J'ai cru que contrôler mon poids allait m'aider à contrôler ma vie. C'est devenu une obsession. Je pensais que le moindre écart pouvait me rendre obèse. Je mangeais de moins en moins, et le peu que j'ingérais, je me forçais à le vomir. Ma santé s'est dégradée et mes parents ont fini par s'alarmer. On m'a hospitalisée; j'ai suivi une thérapie. Je remonte la pente, mais c'est long. Et puis il y a des rechutes. Je me demande si je serai un jour tirée d'affaire.

—Merci pour ton témoignage, Agnès, fait une voix au premier rang. *(Applaudissements.)* Non, ne redescends pas. Voilà un parfait exemple de ce que je dénonçais la dernière fois.

L'homme, assis jusque-là, monte sur les planches en continuant de parler :

—Le modèle physique mis en avant par la pub est aberrant ! On voudrait nous faire croire que la norme, pour les femmes, c'est un poids d'anorexique avec une poitrine et des fesses de madone ! Personne, ou presque, n'est naturellement fichue comme ça ! Ce miroir qu'on vous tend, mesdemoiselles, mesdames, c'est un leurre, un mirage ! Un *mirage*, Agnès !

Il se place dans la lumière. Très grand. Entre trente et quarante ans. Un visage en lame de couteau. Il porte des lunettes de myope, et ses cheveux longs et noirs sont noués en arrière par un catogan. Son débit de mitraillette s'accompagne de gestes saccadés qui illustrent sa difficulté à contenir une énergie débordante. Momo se penche à mon oreille :

—C'est Tobias, le cofondateur du mouvement...

J'opine du menton.

Tobias pose une main sur l'épaule de la jeune anorexique, l'air de dire « c'est bon, tu peux te rasseoir ». Agnès redescend parmi nous alors que l'autre grand escogriffe poursuit sur sa lancée :

—Mais évidemment, toutes ces frustrations, ces complexes alimentent la chaudière de la grande machine à consommer ! Venez acheter ma nouvelle crème amincissante, mon nouveau truc antirides ! Venez maigrir dans mes salles de gym ! Et tant pis s'il y a d'innocentes jeunes personnes, comme Agnès, qui se prennent un peu trop au jeu et qui finissent par y laisser des plumes. Le principal, c'est de faire tourner la machine, non ? C'est ça, la belle et joyeuse farandole du néocapitalisme !

—Oui, mais qu'est-ce qu'on peut faire concrètement ? demande une dame obèse affligée d'un triple menton.

—Le mieux, c'est l'« action directe », répond Tobias du tac au tac.

—Quoi ? s'indigne quelqu'un. Du terrorisme ?

Une voix chaude et grave monte de l'assistance :

—Le groupe Action directe, qui a commis toute une série d'attentats à la fin du vingtième siècle, n'est pas à l'origine de cette appellation.

Le garçon qui vient de s'exprimer rejoint Tobias sur l'estrade. Il marche sans se presser, en croquant une pomme. Crounch ! Le bruit résonne dans toute la salle. Je suis impressionnée par l'allure juvénile de ce type (je lui donne vingt ans) car, à sa voix, j'imaginais qu'il était plus vieux que ça.

—Le terme remonte aux premiers pas du syndicalisme révolutionnaire, vers la fin du dix-neuvième siècle, quand on a commencé à prôner l'auto-organisation dans le monde du travail. Ce fut la naissance des piquets de grève, mais aussi celle des mutuelles et des caisses de secours. La violence n'était pas absente de ces mouvements, comme en témoignent certains sabotages et de nombreux affrontements, mais on était bien loin du terrorisme tel qu'on l'entend de nos jours.

Waouh, ce jeunot a de la culture. Une autre chose me surprend : il est beau, incontestablement beau ! Peut-être pas un catégorie 5, mais pas loin. Cheveux de blé coupés court. Yeux verts. Un nez et des lèvres finement dessinés. Il a un sourire tranquille, presque suffisant.

—Il s'appelle Luther, m'explique Momo à voix basse. Il a créé Héphaïstos il y a six mois.

—Héphaïstos ?

—C'est le nom de notre groupe.

Le contraste entre Tobias et Luther est saisissant. Ce dernier se tient droit et fait peu de gestes. On imagine ses muscles tendus sous ses vêtements. Chez lui, tout passe par le regard. Quelle intensité ! Je rêve, ou il a les yeux fixés sur moi ? Ah, non : il jette son trognon dans la poubelle, juste à ma droite.

—Il y a toujours eu deux options dans la lutte contestataire, dit-il en s'essuyant la bouche. Soit on fait confiance à la longue marche du progrès, soit on prend les devants.

Je lève la main :

—On est de plus en plus nombreux à être victimes du système, ça devrait accélérer le cours des choses, non ?

—Mais les gens n'ont pas conscience d'être des victimes, c'est ça le drame ! On agite sous leur nez d'appétissantes carottes qui ont pour nom « beauté » ou « célébrité » et, vlan, ils foncent dans le panneau tête baissée !

—J'en reviens à ma question de tout à l'heure, dit la grosse dame. Qu'est-ce qu'on peut faire ?

—On doit ouvrir les yeux de nos contemporains, provoquer un débat salutaire. Pour cela, nous allons nous servir des médias.

— Ouais, acquiesce Tobias. *Don't hate the media : become the media*[1] *!*

Luther insiste :

— Un message, si pertinent soit-il, n'est rien du tout tant qu'il n'a pas touché sa cible. On va procéder étape par étape. On a déjà commencé à faire circuler des pétitions sur le web. Demain, j'ai programmé notre première opération, en coordination avec le groupe Beauté intérieure et les Citizens Freaks. Vous savez que la marque de produits de beauté Loreleï a lancé une grande campagne de pub la semaine dernière ?

Tout le monde hoche la tête. Difficile de l'ignorer : il y a des affiches partout.

— On a l'intention de détourner leurs panneaux sur les trois lignes du RE-Air. Nous, on se charge de celle qui part porte de Bagneux. Je donne rendez-vous, demain matin à huit heures, aux plus motivés d'entre vous. On se retrouve au terminus sud de la ligne. On vous fournira sur place de quoi faire de jolis tags.

Des murmures d'approbation parcourent le public. Pas de doute, le beau Luther sait parler à ses troupes…

Le débat s'est poursuivi jusqu'à deux heures du mat'. Des idées ont été lancées en vrac : occuper un temple du corps, perturber l'AG d'une grande marque de cosmétiques, engager des *hacktivistes* pour pirater les sites web de l'establishment… Chacun voulait se faire entendre, et tout cela a fini en cacophonie générale.

1. Ne hais pas les médias : deviens les médias !

Momo a insisté pour me raccompagner. J'ai accepté. On a du mal à tenir à deux sur son booster, mais c'était marrant.

— Pourquoi avoir choisi Héphaïstos, comme nom ? je lui ai demandé pendant que j'étreignais comme je pouvais sa panse rebondie.

— C'était le fils de Zeus dans la mythologie grecque, la brebis galeuse de la famille. Les autres dieux l'ont rejeté de l'Olympe parce qu'il était boiteux et mal fichu. En plus, sa femme, la belle Aphrodite, le trompait tout le temps.

— Ben il avait pas de bol, celui-là.

— Ouais, enfin il était quand même maqué avec la déesse de l'Amour, c'est toujours ça de pris…

Il est deux heures vingt lorsque Momo me dépose devant chez moi. Je suis crevée.

— Tu viens demain ? s'enquiert mon chevalier servant.

Je grimace. Le vendredi, c'est mon jour de relâche chez McBurger. J'en aurais bien profité pour passer la matinée avec Zoltan

— Je viendrai… si j'arrive à me sortir du lit.

— Tu verras : il y a une très chouette ambiance au sein du groupe.

— D'ac, je vais faire un effort. Bonsoir, Momo.

— Bonsoir, Karol.

Il repart sur sa bécane aux suspensions malmenées, et la ville, masse noire piquetée d'étoiles artificielles, l'avale au premier tournant.

4
Commando urbain

Zoltan a mieux dormi, cette nuit, mais le réveil est quand même ultradifficile.

— Allez, Karol, debout, je me sermonne. Si tu veux faire bouger les choses, commence par lever tes fesses, ma fille !

Dur.

— C'est quoi votre programme ce matin, mon chou ? me demande Mme Voisin lorsque, une demi-heure plus tard, je lui confie Zoltan. ANPE ? Entretien ?

— Je dirais plutôt… travaux pratiques.

Je lui montre une vieille bombe de peinture que j'ai retrouvée dans mon fouillis. Deux rapides bisous. La mamie me jette un regard interdit pendant que je descends les marches en faisant au revoir de la main.

08:00

Je viens d'arriver au point de rendez-vous. Un soleil courageux pourfend les nuages qui s'effilochent au sommet des tours. Il fait froid. Chaque expiration transforme l'haleine en fumée blanche. Pour l'instant, nous sommes une petite dizaine. Quelqu'un a eu la bonne idée d'amener du café dans des thermos. On se réchauffe les mains autour des gobelets en plastec qui contiennent le liquide bouillant. On parle de tout et de rien. Des sous-groupes se forment au hasard des conversations et des affinités. Je commence à mettre des noms sur certaines têtes. La dame d'âge mûr qui a été larguée par son mari, c'est Tanya. La petite, maigre comme un lévrier ? Agnès ; ça je m'en rappelais. Une autre jeune fille (Fanny, il me semble) porte sur le visage les séquelles d'une opération ratée : un ersatz de nez à la Michael Jackson et des lèvres dignes de Donald Duck. Et puis il y a ce garçon — profil de Polichinelle taillé au burin — que l'on surnomme « Duduche ». Il a organisé des raves illégales avec des potes technomades sur trois continents. Tobias, le cofondateur du groupe, n'est pas en reste. Il raconte à qui veut l'entendre comment les CRS l'ont chargé et paralysé quand il a manifesté contre l'échelle d'Apollon, au début des années vingt. Cette histoire n'est pas très drôle, cependant il réussit à ponctuer son récit de grands éclats de rire communicatifs. Un autre, Darwin, se vante d'avoir aidé à démonter un McBurger l'année dernière. « Ces enfoirés exploitent les gens qui sont dans la mouise ! » clame-t-il haut et fort. Je ne peux pas arguer du contraire. Chacun y va de son fait d'arme, de son anecdote, mais personne ne semble se prendre au sérieux. C'est vrai qu'ils sont sympas, tous ces gens ; Momo ne m'avait pas baratinée. D'ailleurs le voilà, mon chevalier servant. Il attache son booster à un lampadaire et vient vers moi, tout sourire. On se fait la bise, comme si on était de vieilles connaissances.

—Salut, Karol.

—Salut.

—Il fait froid, hein ?

—Ouais. Tu veux du café ?

Luther apparaît au bout de la rue, très cow-boy, encadré par deux armoires à glace (le videur d'hier soir et une sorte de punk à crête d'iroquois, tout droit sorti du vingtième siècle). Ils portent des sacs militaires kaki sur leurs épaules et nous distribuent des Pulso-Graffs (j'ai l'air fine avec ma bombe de peinture archaïque) ainsi que des bristols prédécoupés pour écrire des slogans au pochoir. Le chef égrène ses recommandations :

—Nous allons former des binômes : un guetteur et un tagueur. Pendant que le guetteur surveille les environs, l'autre se charge des graffs. On vous suggère ça, comme détournement type, mais les initiatives perso sont bienvenues.

Il déplie une affiche Loreleï. Sur la photo, un mannequin sourit jusqu'aux oreilles. Le hic, c'est que sa dentition ressemble à un clavier de piano : noir, blanc, noir, blanc… Le nouveau slogan ? « Pas de mutuelle dentaire = pas de job ».

—Excellent ! clame Duduche.

Tout le monde approuve.

Momo paraît inquiet. Il questionne :

—Qu'est-ce qu'on dit aux gens, enfin, aux usagers, quand ils verront notre petit manège ?

— Les gens sont des moutons, réplique Luther. Rien à craindre de ce côté-là. Par contre méfiez-vous des flics. Il y en a pas mal qui patrouillent sur les lignes de RE-Air. Personne n'a des armes ou de la drogue sur lui ?

Nous secouons la tête négativement.

— Tant mieux, ça ne ferait qu'aggraver les choses en cas d'interpellation.

— S'ils vous embarquent, enchaîne Tobias, restez stoïque. Ils sont capables de vous inculper pour outrage au moindre mot de travers. Si on vous pose des questions, répondez « je n'ai rien à déclarer » et attendez qu'on vous fournisse un avocat. Et s'il y a violence, vous avez le droit d'exiger un examen médical pendant la garde à vue. Pigé ?

— Oui.

— Ouais.

— OK.

— Ça roule…

La distribution est achevée. Luther reprend la parole :

— On fait huit groupes de deux et on monte tous dans la prochaine rame. Le groupe 1 descend dans cinq stations, le groupe 2, dans dix, etc. Le dernier binôme atteindra le terminus de la ligne dans une petite demi-heure. À neuf heures précises, on passe tous à l'action en même temps, et puis on splitte dans la capitale. Rendez-vous la semaine prochaine à l'endroit habituel. Avec un peu de chance, on passera aux infos de la mi-journée.

C'est le moment de former les équipes. À ma grande surprise, le chef me lance :

— Toi, la nouvelle, c'est quoi ton prénom ?

— Karol.

— Karol, tu viens avec moi. Comme ça je pourrai te briefer, d'accord ?

— Heu, d'accord…

Je vois du coin de l'œil que Momo est déçu. J'ai de plus en plus l'impression qu'il en pince pour moi. J'espère que je me trompe. De mon point de vue, c'est juste un bon copain. Je n'aimerais pas qu'il s'imagine des trucs…

Luther désigne les binômes : Momo-Duduche, Tobias-Fanny, Tanya se retrouve avec le casseur de McBurger, les deux malabars restent ensemble, etc.

— Allez, c'est parti.

On marche jusqu'à une batterie d'ascenseurs extérieurs, direction le toit du bâtiment. Une fine pluie ruisselle à présent sur la plexibaie vitrée. Elle n'est sûrement pas très acide, la météo n'ayant diffusé aucun bulletin d'alerte. Au sud-ouest, on aperçoit la tache verte du parc de Sceaux qui rétrécit d'année en année, mangée par les immeubles. Les fumées des usines font peser un couvercle menaçant sur la mégalopole. Le pire, c'est en été, pendant les grosses chaleurs. À tel point que les autorités ont voté une loi — pas trop débile celle-là — qui vise à lutter contre le réchauffement de la ville. Ils appellent ça la « loi pour la promotion des toits verts ». Durant l'hiver, on cultive des arbres et des plantes dans des serres au sommet des buildings et, les beaux jours revenus, la toile en biostuff est repliée pour laisser les jardins suspendus à découvert. Le but du jeu est de permettre à la nature d'absorber le dioxyde de carbone créé par l'activité humaine pour le reconvertir ensuite en oxygène.

Ding ! Nous voici arrivés.

Le quai est déjà plein de monde. La tête isolée dans une bulle holographique qui les protège aussi bien du crachin que de la promiscuité parfois malodorante de leurs contemporains, les gens ressemblent à des cosmonautes, à des scaphandriers. Ils regardent les programmes télé ou bien des pubs entrecoupées d'un film, quand ils n'écoutent pas tout simplement de la musique clipée. Chacun verrouille son imaginaire pour mieux se couper des autres. Cette foule de bizarres petites solitudes additionnées me serre le cœur.

Chuintement. La rame arrive, glissant sur un rail magnétique qui tire un trait d'union de station en station. Les portes s'ouvrent avant de vomir un flot d'hommes-bulles qui se croisent sans se regarder. Nous montons tous dans le même wagon. Sonnerie, puis démarrage en douceur, accompagné par le bourdonnement de la propulsion.

Comme Momo fait toujours la tronche, je lui demande :

—Qu'est-ce qu'il y a ?

—Rien, ça va.

Mais je vois bien qu'il est passé en mode « bébé boudeur ». Je n'insiste pas.

Les deux costauds inséparables sont les premiers à descendre, station J-2M, juste au-dessus de l'ancienne N20. On aperçoit la file des voitures qui, tout en bas, forment un long fleuve de petits cubes. Mon regard se perd dans le lointain. Un avion décolle en rugissant de l'aéroport d'Orly. Avant de disparaître de mon champ de vision, il croise la noria des Boeing qui n'ont pas encore entamé leur procédure d'atterrissage.

Station Tom-Cruise. Les arrêts suivants sont Mairie-du-Trentième, Sainte-Brigitte-de-la-Madrague, Montrouge et Porte-du-Vieux-Paris.

— On descend ici, m'annonce Luther.

Un rapide signe aux autres. Momo répond à cet au revoir de la main par un sourire forcé, et les portes coulissantes se referment.

Me voilà sur le quai en compagnie du beau blond. Il me montre un panneau publicitaire, le fameux mannequin Loreleï avec son sourire extralarge. J'opine. L'air de rien, on se rapproche de l'affiche. La pluie a cessé de tomber. Il nous reste une vingtaine de minutes avant le déclenchement de l'opération.

Luther commence à me parler du groupe et des autres mouvements qui font cause commune avec lui (on appelle ça un « black block ») quand, soudain, un personnage étonnant se matérialise sous nos yeux : perruque vert fluo, nez de clown, chemisette hawaïenne dans la plus pure tradition singes rieurs et cocotiers, kilt écossais, *boots* en caoutchouc rouge. Quelle curieuse apparition !

— Bonjour, maître, qu'est-ce que vous faites ici ? demande l'hologramme. Vous n'êtes pas en train de réviser vos cours ?

— Non, crache Luther.

Je questionne :

— Tu le connais celui-là ?

— Je te présente Jiminy, soupire Luther. C'est mon e-coach.

— T'as les moyens de te payer un e-coach ?

— Ben ouais : cadeau de mon grand-père. Il croit qu'avec ça j'ai plus de chances de réussir mes études.

Les e-coachs sont des avatars générés par le web quantique, des créatures virtuelles spécialement attachées à un humain ! Ces « anges gardiens » ont pour mission de vous encourager, de vous conseiller et de vous stimuler dans toutes vos activités. L'objectif est d'aider l'homme (ou la femme) à optimiser ses performances sur le plan social, professionnel, affectif… Ce gadget commence à se démocratiser, mais il n'est pas encore à la portée de tout le monde. Moi par exemple, je ne pourrais pas m'en offrir un, et pourtant j'en aurais bien besoin des fois !

— Vos examens approchent, maître, grommelle l'e-coach. Où sont vos manuels de…

Le jeune « maître » claque des doigts et l'image 3D est soufflée comme une chandelle.

— Je l'avais débranché, ce raseur, explique Luther, mais il revient sans arrêt. Il doit y avoir un bug dans mon implant.

— C'est toi qui as programmé son look ?

— Oui. Il était en costard-cravate au début. Je le trouvais ennuyeux ; déjà que c'est un rabat-joie de première catégorie ! Là, au moins, ça apporte une touche de gaieté.

Je rigole :

— Hum, tu peux le dire.

Ce beau gosse m'intrigue de plus en plus. Jeune, riche, séduisant... Qu'est-ce qu'il fiche à la tête d'un mouvement tel que Héphaïstos ? Quand je lui pose la question, il me rétorque :

— Et alors, où est le problème ? Pour toi, il faut être obligatoirement noir pour militer contre le racisme ?

— Non, bien sûr, c'est juste que... tu n'es pas concerné par les... enfin, l'échelle de...

Je m'embrouille. Je me sens stupide tout d'un coup. Dans le fond, il a raison. Pourquoi n'aurait-on pas le droit de lutter contre une injustice qui ne nous touche pas directement ?

Une stridulation aiguë me tire de l'embarras. Sauvée par le « biiiip » !

— C'est le signal, dit Luther en consultant sa montre. Surveille les voies d'accès.

— D'accord.

Le jeune homme dégaine son Pulso-Graff : pssshhhh, pssshhh... Les lettres apparaissent sous les jets de couleur ; ça bave un peu, mais ça tient. Un vieux monsieur qui a l'air d'avoir la tête dans un aquarium (sa bulle tridi projette un documentaire sous-marin) nous jette un regard dénué d'émotion. Il y a sept ou huit autres personnes aux alentours. Aucune ne réagit.

Je suis quand même nerveuse. C'est la première fois que je participe à un acte de vandalisme. L'adrénaline fait battre mon cœur plus vite et me donne des bouffées de chaleur. J'inspire profondément ; un frisson que j'ose à peine qualifier de délicieux remonte le long de ma colonne vertébrale.

— Hé, vous là-bas ! Qu'est-ce que vous faites ?

Merde ! Un flic, sur le quai d'en face ! J'étais tellement occupée à surveiller notre propre quai que je n'ai même pas songé à regarder de l'autre côté ! Je me maudis intérieurement.

— On se casse, dit Luther.

Il remballe le matos. Vite, on marche vers les ascenseurs qui libèrent une nouvelle vague d'hommes-bulles mais, pas de chance, trois nouveaux gus en uniforme bleu !

— Arrêtez-les ! crie leur collègue en nous montrant du doigt.

Nous voilà mal barrés !

5
Poursuite !

Un ange passe. Bref moment de temps suspendu, seulement troublé par l'arrivée d'une nouvelle rame.

Luther et moi jetons autour de nous des coups d'œil de bête traquée. Le trio de flics nous dévisage, sourcils froncés derrière leur visière pare-balles. Ils doivent se demander : « Est-ce bien ces deux-là qu'il faut arrêter ? » Leur copain d'en face clame :

— Le garçon et la fille, là ! Oui, c'est eux !

Cette fois, ils s'élancent.

— Dans le métro ! m'ordonne Luther.

Nous plongeons dans le wagon juste avant que les portes ne se referment. Avançant à contre-courant parmi la foule sortante, nos poursuivants émergent à peine de la masse compacte des usagers au moment où la rame redémarre.

— Tu as de bons réflexes, me félicite Luther.

Je fais oui de la tête, mais suis incapable de parler. Quelle trouille ! Il me faut quelques instants pour m'en remettre.

Une fois les battements de mon cœur régulés, je demande :

— C'est quoi la prochaine station ?

— Karl-Largerfeld.

Nous y sommes en moins de deux minutes. Dès qu'on pose le pied dehors, une mauvaise surprise nous attend : deux groupes de flics ! Un à chaque extrémité du quai !

— Ils se sont bipés, les saligauds, grogne Luther.

Nous battons en retraite dans la rame, aussitôt imités par les hommes en bleu. Un groupe en tête de train, l'autre en queue, et nous au milieu ; pris en sandwich, quoi.

— On ferait mieux de se rendre, je dis. Tu te rappelles les conseils de Tobias ? « S'ils vous interpellent, restez stoïques. »

— Ils ne nous ont pas encore interpellés.

Luther saute sur un siège. À quoi joue-t-il ? Il sort un couteau multifonction de sa veste et commence à dévisser une trappe dans le plafond. Les passagers l'observent sans oser bouger ni protester. Encore un exemple de la légendaire apathie citadine.

— Qu'est-ce que tu fiches ? je grimace.

— Je ne me laisserai pas chopper. Pas si je peux l'éviter.

— Où comptes-tu aller ? On est coincés. Tu ne vas faire qu'aggraver notre cas, c'est tout !

Je pense : *J'ai un gamin à élever, moi ! Si je vais en prison, qui s'occupera de Zoltan ?*

Le beau gosse me lance un regard tranchant :

—Tu as vu les écussons de ces flics ? Leur uniforme ?

—Ben…

—Ils appartiennent aux Vigilants ! Tu as envie de te faire peloter et humilier ? Tu as envie de te faire tabasser ? Très peu pour moi !

Une boule se forme dans mon sternum. Depuis que la police a été privatisée, plusieurs milices se partagent le travail dans la capitale. Les Vigilants ont la réputation d'être les plus durs de tous. Il paraît que, dans leurs locaux, les interrogatoires sont musclés, et les bavures monnaie courante.

Les vis du panneau tombent une par une ; voilà la trappe ouverte ! Luther s'agrippe au rebord et se hisse sur le toit à la force des bras. Il est athlétique. Ce petit exercice ne lui demande pas vraiment d'effort. Sa tête réapparaît dans l'ouverture :

—Viens ! dit-il en me tendant les mains. Je vais t'aider…

Je ne sais pas quoi faire. Je n'arrête pas de penser à mon fils. Au même instant, un groupe de flics fait irruption dans le wagon et se dirige vers moi.

—Dépêche-toi ! me répète Luther.

Qu'est-ce qu'il espère ? Voler comme un oiseau ?

—Fais-moi confiance, ajoute-t-il en mettant une dose de calme et de persuasion incroyable dans sa voix.

Ce mec a un pouvoir presque hypnotique !

En attendant, l'étau se resserre. L'autre groupe de flics vient de débarquer à son tour dans le wagon.

— Ne bougez pas, mademoiselle ! crie un homme en bleu qui braque une arme sur moi.

Je monte sur le siège, les bras tendus vers le haut. Le policier tire et me rate. Une vieille dame est touchée. Elle s'écroule et se tord sur le sol, agitée de spasmes ; la décharge électrique du pistolet paralysant tétanise tous ses muscles un par un.

Plus d'hésitation possible. Je saute. Luther me prend sous les aisselles. Han ! J'ai sorti le buste du trou, et maintenant les jambes. De justesse : les mains gantées des Vigilants se referment sur du vide !

L'un des flics pointe son museau hors de la trappe, Luther lui décoche un coup de pied dans les gencives, puis il écrase ses doigts du talon. Le type hurle et lâche prise. Le métro freine. Surpris, Luther perd l'équilibre. Il glisse sur le ventre pendant quatre ou cinq mètres avant de se rattraper à une sorte de déflecteur qui dépasse du toit du wagon. Je rampe péniblement jusqu'à lui. Un nouveau Vigilant sort la tête du trou ; nous sommes trop loin pour lui taper dessus ce coup-ci !

— C'est quoi la suite de ton plan ? je hurle.

Luther s'appuie sur les coudes.

— On va sauter, dit-il en me montrant le vide.

— Hein ?

— Au prochain bâtiment pourvu d'un toit vert, on saute !

J'ai du mal à en croire mes oreilles.

Coup d'œil par-dessus mon épaule : le flic essaie de nous mettre en joue, mais une bourrasque lui arrache son arme. Le pistolet paralysant rebondit sur le métal avant d'être emporté dans les airs. Le flic éructe un juron blasphématoire.

On se met debout, genoux fléchis, jambes et bras bien écartés. Le métro ralentit toujours mais, au moindre coup de vent, on est morts !

— Celui-là ! fait Luther en me montrant le toit que nous allons survoler dans quelques secondes.

Je crois qu'il s'agit du Mukada Plaza, un élégant immeuble érigé en bord de Seine. Le soleil joue sur des vitres miroitantes. À son sommet, les fameuses serres sous toile en biostuff.

— Ne faites pas ça ! hurle le flic.

Il a compris ce que nous avions en tête et nous rejoint sur le toit du wagon.

— J'ai peur, je couine d'une voix tremblante.

— On va y arriver, rétorque Luther.

Il me prend la main. Je retiens ma respiration. Le visage de mon fils s'imprime dans mon esprit et…

— AAAAAAAAAHHHHHHHHHH !

C'est le grand plongeon. Luther n'a pas lâché ma main. J'ai à peine le temps de penser *Mais ça n'en finit pas ?* que, soudain, crrrrraccc ! la toile se déchire.

Nous atterrissons dans un bassin, semant la panique parmi les canards et les cygnes qui barbotent à sa surface. L'un d'eux essaye même de me pincer.

— Hééé ! Sale bête ! je glapis.

— Yiiiihaa ! s'exclame Luther, fou de joie d'être encore en vie. Quel saut, mes aïeux !

Il m'aide à monter sur la berge. Autour de nous s'épanouissent des fruits et des légumes amoureusement soignés par des robots jardiniers. Des nanomachines bourdonnent pour assurer la pollinisation artificielle de certaines fleurs.

—Rien de cassé ? s'inquiète mon compagnon.

—Heu, non, je… ça va…

—Viens. Il doit bien y avoir des ascenseurs quelque part.

Il s'élance. Je lui emboîte le pas. Je titube comme si j'avais bu une demi-bouteille de vodka ! La tête me tourne et j'ai les jambes en guimauve fondue. Les robots jardiniers nous considèrent d'un air interdit, l'arrosoir ou le râteau brandi dans un geste interrompu.

—Là ! s'écrie Luther. Une porte.

C'est un escalier de service. On s'y engage sans traîner. Après un rapide passage dans la chaufferie, nous trouvons enfin un ascenseur. Pas une seconde à perdre. J'appuie sur le bouton RC.

—Il va peut-être falloir qu'on pique un sprint, me prévient Luther. Tu es en état de courir ?

—Oui.

J'ai peur, mais je parviens à me maîtriser. Je réajuste mes vêtements mouillés et enlève une tige de nénuphar restée dans mes cheveux ; ça fait désordre.

Sonnerie ouatée, puis ouverture des portes coulissantes.

Nous marchons vers la sortie qui est de l'autre côté du hall, dix mètres plus loin. Nous nous frayons un passage au milieu de jeunes cadres arborant des costumes à plus de mille euros et de leurs sémillantes secrétaires. J'imagine que, tout comme moi, Luther réfrène son envie de prendre ses jambes à son cou, d'autant que je sens des dizaines de regards hostiles glisser sur nos nuques.

— Héé, vous là-bas !

Mon cœur explose comme un pétard du 14 Juillet. Évidemment, un vigile a remarqué nos fringues chiffonnées et mouillées. Il marche droit sur nous. Le ballet des cadres et des secrétaires se fige. Tout le monde nous fixe.

— Vous pouvez me montrer votre badge, vous deux ?

— Bien sûr, répond Luther avec un grand sourire.

Et il balance son pied dans les parties génitales du gars.

— Cours ! me crie-t-il.

Il n'a pas besoin de me le répéter deux fois. Nous sortons par une grande porte à tambour qui coupe l'élan de nos poursuivants (deux autres vigiles un peu mous à la détente). Des bagnoles de flics déboulent de partout, sirènes hurlantes. En freinant, les véhicules laissent une bonne traînée de gomme sur le bitume. Certaines voitures ravagent les parterres fleuris de l'esplanade, renversant au passage de gros pots contenant des palmiers et des fougères. Claquements de portières. Bruits de pas précipités. On a quand même un peu d'avance sur la meute. Luther bifurque dans un dédale de ruelles perpendiculaires aux quais de la Seine. Une mosaïque floue de briques et d'affiches holos défile devant mes yeux. Ma respiration devient lourde, douloureuse. Je trébuche. Luther me relève :

— Debout ! Grouille !

Argh ! Un cul-de-sac ! Et les hommes en bleu qui vont rappliquer.

— Viens, Karol !

J'obéis sans réfléchir. On plonge dans une benne à ordures. Luther creuse un trou, comme un petit chien. On se planque sous les détritus. L'odeur est infecte. Un mélange de banane pourrie et de je-ne-sais-quoi. Je ne préfère pas y penser, sinon je vais vomir. J'entends des petits bip. Je rêve ou Luther fait joujou avec sa montre-bracelet ? Est-ce bien le moment ?

Les voix étouffées des flics nous parviennent :

— Je suis presque sûr de les avoir vus tourner ici !

— Alors, ils sont cuits !

— Hééé, regardez là-bas ! C'est lui ! C'est le signalement du gars !

Bruit de course. Une course qui s'éloigne ! Voilà ce que j'appelle un miracle.

Les minutes passent.

Après un quart d'heure de semi-apnée dans les poubelles, on se décide enfin à sortir la tête.

Je m'exclame :

— Je n'y comprends rien ! Je nous voyais déjà menottes aux poignets, dans le panier à salade.

Luther me montre son bracelet électronique.

— J'ai reprogrammé en vitesse l'apparence de mon e-coach, explique-t-il avec un sourire de fripouille.

C'est après lui que toutes les polices de Paris sont actuellement en train de cavaler !

— Génial !

Il me fait un clin d'œil :

— Tu vois, on y est arrivé, finalement.

Je souris, en essayant d'évacuer mon stress dans chaque expiration. L'adrénaline est retombée. Je suis courbaturée, morte.

— Tobias habite tout près d'ici, révèle mon compagnon. J'ai le code d'accès de sa piaule ; tu es partante pour une douche ?

— Tu m'étonnes !

— Alors suis-moi.

6
Pause

Je dis tout haut :

— Jet tonique. Quarante degrés.

Et l'eau mitraille mon menton levé, ma poitrine. Je ferme les yeux, respirant à fond : je m'abandonne à cet humide picotement de chaleur.

Rejoindre l'adresse de Tobias nous a pris un peu de temps. Bien sûr, on ne pouvait pas héler un taxi. On a rasé les murs, se cachant lorsque l'on entendait passer une sirène hurlante. Tobias habite dans un immeuble qui regroupe plusieurs ateliers d'artistes. L'appartement se présente sous la forme d'une pièce unique, attenante à une salle de bains microscopique. Le séjour-chambre-salle à manger est quasiment vide si l'on excepte le canapé-lit, le bloc téléordinateur, un frigo et une pile de cartons. Sur les murs : une affiche du Che et des repros d'art abstrait. J'ai failli marcher sur des maquettes disséminées sur le parquet. Bizarres ces maquettes, d'ailleurs. Biscornues, ovoïdes, voire en forme d'igloos reliés entre eux par des tubes. Avisant mon air étonné, Luther m'a expliqué que son copain avait fait des études d'architecture. C'est là qu'ils se sont rencontrés, Tobias et lui. Ensuite, il m'a proposé de prendre ma douche en premier. Galant, le beau gosse.

— Stop.

L'eau s'arrête de couler. Je pose un pied sur le carrelage, attrape une serviette et m'essuie. Je regarde mon visage dans la glace. Pas génial, mais bon… j'ai une tête plutôt correcte pour quelqu'un qui vient de se faire un masque de beauté avec des bananes pourries. Luther a posé des vêtements secs à mon intention sur la cuvette des toilettes : jeans élimés, tee-shirt, gros pull rouge.

— Essaye-les, fait-il, de l'autre côté de la cloison. C'est tout ce que j'ai trouvé de mettable ; enfin, je pense que c'est à ta taille. On ne peut pas dire que notre copain Tob' ait une garde-robe très fournie.

Je flotte un peu dans le pantalon, mais ça va. Je sors de la salle de bains et lance :

— Tu peux y aller, si tu veux.

Luther est en caleçon, affalé sur le canapé, zappette en main.

— Ouais, attends… J'essaie de chopper le flash info de la mi-journée. Ah, ça y est !

Image 3D de la présentatrice : blonde, les yeux bleus, le maquillage discret, raffiné. Catégorie 5, *of course.*

« *Trois lignes du RE-Air prises d'assaut ce matin par des militants anti-Apollon* », déclare-t-elle avec froideur et professionnalisme. Les images des affiches détournées se succèdent à l'intérieur d'une bulle qui grossit pour remplir toute l'image. Le discours de la présentatrice se poursuit en voix *off*: « *On a d'abord cru à un acte de vandalisme pur et simple, mais des revendications émanant des groupes Citizens Freaks, Beauté intérieure et Héphaïstos sont parvenues à nos rédactions il y a quelques minutes. Ces mouvements réclament, je cite, "l'abrogation d'une loi qui ne fait qu'approfondir les fractures dans la société moderne".* »

—Hé, regarde, c'est nous ! glousse Luther.

Des prises de vue médiocres (issues de caméras de surveillance, à n'en point douter) montrent le quai du métro où nos ennuis ont débuté.

« *Mais le fait le plus marquant de la matinée a bel et bien été cette poursuite aérienne en plein cœur de Paris, entre les station Largerfeld et Quai-des-Bouquinistes. Les deux jeunes contrevenants ont préféré se jeter sur le toit du Mukada Plaza plutôt que de se laisser appréhender par les forces de l'ordre.* »

Notre plongeon a été reconstitué en images de synthèse. Grâce à la touche multiangles de la télécommande, Luther ne se prive pas d'admirer l'action sous toutes les coutures, d'autant plus qu'elle est repassée plusieurs fois à vitesse réelle, puis au ralenti.

—Trop cool, approuve le jeune homme, excité comme un gosse.

Un touriste japonais a réussi à nous filmer à la sortie du building, mais, là encore, l'image est de trop mauvaise qualité pour qu'on puisse nous identifier.

« Y avait un garçon et une fille », raconte un témoin, ça, j'en suis sûr. *« Ouais, et le mec était super mignon »*, glousse une minette qui mâche un chewing-gum de manière agressive. *« Ils étaient mouillés, trempés »*, affirme une standardiste du Mukada. Retour sur la présentatrice plein cadre : *« Nous vous tiendrons bien sûr au courant des suites de cette affaire dans nos prochaines éditions. »*

Luther éteint la télé.

— Ah, c'est génial, t'as vu ça ?

— Génial ? Tu trouves ? Ils ont parlé quinze secondes de nos revendications et deux minutes de nos cascades.

— Ouais, mais c'est un début. Maintenant, les gens savent que le mouvement existe. C'est très positif !

Il se lève et me prend par les épaules :

— Tu as été super, tout à l'heure, dit-il. Tu as du cran.

— Heu, merci…

Durant une seconde, j'ai l'impression qu'il va se pencher pour m'embrasser, mais il se contente de me resservir son sourire de mauvais garçon, et il part vers la salle de bains en sifflotant gaiement.

Tobias rentre chez lui un quart d'heure plus tard, accompagné de Fanny (la jeune fille aux lèvres de canard). Luther se fait un plaisir de leur narrer nos exploits.

— Alors, c'est à cause de vous, les policiers et la pagaille dans tout le quartier ? questionne Fanny.

—Waaaaah, vous avez assuré grave ! s'exclame Tobias.

Notre hôte va chercher des bouteilles de bière et des sodas dans le frigo, histoire de fêter l'événement. On trinque à Héphaïstos, à la fin de la dictature de la beauté. Tobias fouille dans ses cartons. Il en sort une longue pipe en terre qu'il bourre de petits végétaux pilés.

—C'est un mélange perso. Vous allez voir, ça arrache bien.

—Je ne fume pas, je préviens.

—Pareil, dit Fanny.

—Z'êtes pas marrantes, les copines. Tant pis pour vous !

J'ai envie de rentrer chez moi, de serrer Zoltan dans mes bras, mais Luther me fait remarquer que sortir tout de suite serait imprudent. Il n'a pas tort. Mieux vaut attendre que l'agitation policière se tasse un peu.

Pendant que les deux garçons se passent la pipe et inspirent la mixture, on essaye de réfléchir à nos prochaines actions. Je propose :

—On pourrait s'assurer le soutien d'une personnalité connue ?

—Un des meilleurs amis de mon père est écrivain, hasarde Fanny.

—Écrivain ? grimace Tobias à l'issue d'une longue bouffée. Je crains que ça n'intéresse personne. Il nous faudrait un chanteur ou une chanteuse…

—L'époque de Jacques Brel, c'est fini, mon pote, riposte Luther. Tous les chanteurs et les chanteuses sont des mégabombes. Ils font partie du système. Ils sont complices.

—Les sportifs, alors ?

—Ouais, mais là encore, les plus médiatiques et les plus populaires sont des sex-appeals ambulants trafiqués jusqu'à la moelle.

Chacun réfléchit en silence pendant quelques instants. Une brume bleutée à l'odeur un peu écœurante plane à présent dans la pièce. Je finis mon verre et lance :

—Moi, je crois qu'on devrait attirer l'attention du monde politique.

Luther recrache sa fumée dans un toussotement :

—Peuh ! Les politiciens ? Eux aussi ont vendu leur âme aux *relookers* et aux spécialistes du marketing. Ils ont compris l'importance de l'emballage. Vu que tous les programmes se ressemblent, c'est la couleur du papier cadeau qui fait la différence.

—Tu exagères.

—Ah oui ? Alors pourquoi de plus en plus d'acteurs se reconvertissent dans la vie politique, d'après toi ? Reagan et Schwarzy ont ouvert la voie. Est-ce que je dois te rappeler que Leonardo Di Caprio a failli être élu président des États-Unis il y a deux ans ?

Silence. C'est Tobias, les yeux rougis par la fumée, qui enchaîne :

—On doit se concentrer sur l'opinion publique, faire comprendre aux gens que les modèles qu'on leur impose sont bidon. Pour tout le monde, beauté égale symétrie, mais c'est complètement idiot ! *Fuck* la symétrie ! Regarde dans la nature, tout n'est qu'anarchie, chaos. La symétrie, c'est le totalitarisme ; c'est… c'est les jeux de 1936 filmés par Leni Riefenstahl. Comme en archi, je veux dire… On prend le problème à l'envers. Pourquoi toujours construire des cubes, des boîtes dans d'autres boîtes, des lignes parallèles ou perpendiculaires. Il faut concevoir des trucs fonctionnels, pratiques, et tant pis si ça a l'air zarbi de l'extérieur !

—Notre cible, c'est les masses, continue Luther comme s'il était désireux d'éclaircir la pensée de son comparse. On ratisse large. Si l'opinion fait pression, les décideurs suivront.

On commande des pizzas. Rien qu'à la respirer, la fumée de la pipe commence à me monter au cerveau. Les pizzas arrivent. On refait le monde en mangeant avec des couverts en plastec. Fanny grignote alors que les deux garçons et moi sommes plutôt du genre voraces.

Les heures défilent. Il fait presque nuit lorsque je me lève, la tête pleine de paroles, d'éclats de rire et de fumée bleue. Je me sens vaguement nauséeuse. Pas l'habitude de ces trucs-là, moi. Cette fois, il est temps de prendre congé. On échange nos numéros de persoc.

—On s'appelle ?

—Ouais, sans faute.

Quelques bisous plus tard, je suis dans la rue, où l'air vif me dégrise en une minute. Au début, je suis très nerveuse. J'ai l'impression que tous les passants me reluquent des pieds à la tête. Je marche, menton baissé, le visage masqué par une casquette que Tobias m'a prêtée. Mes fringues sont dans un sac. Elles ont eu le temps de sécher, mais je préfère ne pas tenter le diable. Heureusement, personne ne fait attention à moi. Je presse le pas. J'ai hâte de revoir mon fils.

—Vous allez bien, mon petit chou? questionne Mme Voisin.

—Oui, oui. C'est juste que j'ai eu une journée un peu… intense.

Je serre mon bébé contre moi, le cœur battant. L'émotion qui me submerge n'échappe pas à la vieille dame.

—Vous avez l'air toute retournée, mon chou?

Tu m'étonnes. Dire que le vendredi, normalement, c'est mon jour de repos!

J'embrasse super-mamie en la remerciant une fois encore. Je vais pour rentrer la clé dans ma serrure lorsqu'elle me lance:

—J'allais oublier le principal! Votre petit amour a parlé, aujourd'hui. Il a dit son premier mot!

—Hein? je fais, interloquée. Et c'était quoi?

—Maman, bien sûr!

Les larmes me montent aux yeux instantanément.

—Oh, mon bébé, c'est formidable! Je souris en amenant le visage de Zoltan à la hauteur du mien. Tu as dit « maman »? Tu l'as dit?

—C'était très amusant. J'avais allumé la télé. On regardait tranquillement les infos de l'après-midi en mangeant nos bouillies respectives lorsqu'il s'est mis à glapir « maman, maman » en montrant du doigt l'écran ! Drôle, non ?

Mon sourire se crispe :

— Oui, c'est marrant.

— Allez, bonne soirée à vous, ma petite caille. Et si vous avez besoin de quelque chose, vous savez où me trouver, hein ?

Mme Voisin me fait un clin d'œil et referme sa porte.

7
Momo se jette à l'eau

Un McCheese, un Chicken Run, deux gigafrites et un Kok' ! crie Dialo depuis la caisse.

Il est treize heures. En cuisine, ça court et ça se croise comme dans les coursives d'un sous-marin en pleine alerte rouge. Franck, le chef d'équipe, est de mauvais poil ; il nous aboie dessus pour un oui, pour un non :

— Activez, bon sang ! Allez, hop hop hop ! (Il siffle.) Putain, tu fais quoi, Fatima, avec les *potatoes* ? Allez, bouge tes kilos, ma grosse !

Je réagis vivement, bien que ployant sous le poids d'un monstrueux sac de frites surgelées :

— Tu n'es pas obligé de l'appeler « ma grosse ».

Le roquet me poinçonne du regard :

— T'as un problème ? Tu veux un rapport ?

— Non, je veux juste que tu arrêtes d'appeler Fatima « ma grosse ». Est-ce que je t'appelle « face de pizza », moi ?

Les autres explosent de rire. Le visage de Franck se congestionne.

—Très bien, crache-t-il. Tu dégages. J'veux plus te voir en cuisine. Va passer la serpillière dans la salle.

—À vos ordres, mon lieutenant.

Je commence tout juste à laver le sol lorsque je me fige, cueillie sur place par l'étonnement. Je viens de reconnaître un de mes camarades du groupe Héphaïstos dans la salle, occupé à déballer un McCheese juteux.

—Ben Momo, qu'est-ce que tu fiches là ?

—Je... je voulais m'assurer que tu allais bien. J'étais inquiet après ce qui s'est passé hier, quoi...

—Heu, je préférerais qu'on ne parle pas de ça ici, je dis en jetant un coup d'œil parano aux autres clients du fast-food.

—Ouais, ouais, bien sûr.

—Comment tu m'as retrouvée ? Tu m'as suivie depuis chez moi ?

Il baisse les yeux, pareil à un garnement pris en faute.

—Ben, mets-toi à ma place. Je me faisais vachement de souci.

Je soupire :

—OK, OK... Bon, je termine mon service dans une heure. Tu m'attends ?

—D'ac. Si tu veux, je t'emmène dans un vrai resto.

—C'est que, j'ai pas les moyens de...

—T'inquiète, c'est gratuit.

—Ah ? Super... Alors, à tout à l'heure ?

—Ouais.

14:30

Momo m'a attendue bien sagement, puis nous nous sommes rendus en booster dans le treizième arrondissement, terminus *Les 55 Jours de Pékin,* le restaurant chinois tenu par sa mère depuis trois ans. Accueil chaleureux. Cette gentille dame est aussi menue que son fils est costaud ! Elle paraît toute contente de me rencontrer. Nous entrons dans une grande salle bariolée où les derniers clients finissent leur repas. La déco ne fait pas dans l'originalité (lampions, coffrets laqués, dragons sculptés et lambris vernis), mais des odeurs délicieusement exotiques viennent me titiller les narines. Pendant que la maman s'active au-dessus des bacs en Inox, je raconte à Momo la poursuite de la veille. Il n'en revient pas.

—Luther est fou de t'avoir entraînée là-dedans. Tu aurais pu te tuer !

—Je crois que, sur l'instant, ni lui ni moi n'avons réellement réfléchi.

—Moi je trouve qu'il a été complètement inconscient sur ce coup-là.

La maman de Momo arrive, un plat fumant entre les mains : poulet aux champignons noirs et aux pousses de bambou. Nous nous jetons dessus. Succulent ! Viennent ensuite les nouilles sautées, le riz cantonnais, les farcis au crabe, aux crevettes... Je lève la main alors qu'elle apporte une assiette de porc caramélisé.

—Oh, merci madame mais, sincèrement, j'en peux plus...

— C'est pas bon ? lance-t-elle avec un accent à couper au hachoir.

— C'est excellent, au contraire ! Mais je suis rassasiée…

— Hein ? Quoi ? Vous n'avez rien mangé !

— Pose, m'man, dit Momo. Je l'aiderai à finir.

— Il faut manger, hein, mad'moiselle, insiste la brave femme. Je suis si ravie. Première fois que Mo amène une petite fiancée chez nous.

— Arrête, m'man, râle l'adolescent. On est juste amis, rien de plus.

— On dit ça, hein ?

Elle ajoute quelque chose dans sa langue natale, puis s'éloigne en riant toute seule.

— Excuse-la, grommelle Momo, mal à l'aise.

Je souris :

— C'est pas grave.

Voilà maintenant sa petite sœur qui vient nous taquiner. Elle a huit ans, des couettes noires, des yeux rieurs.

— Alors, c'est vrai que c'est ta copine, elle ? C'est vrai ?

— Fiche le camp !

— Mo est amoureux ! Mo est amoureux !

Il jette une boulette de porc sur la fillette, qui décampe en sautillant telle une fée Clochette *made in Taïwan*.

— Elle est pénible, soupire Mo. Je suis désolé de t'imposer ça.

— Mais non, c'est plutôt rigolo… (J'examine l'endroit d'un regard latéral.) Ton père ne travaille pas ici ?

—Il est mort il y a longtemps. C'est moi, l'homme de la famille. C'est pour ça que, dès que j'aurai fini mes études, il faudra que je me dégote un job rapidement. Ma mère n'y arrive plus toute seule. Et toi, tu ne parles jamais de tes parents. Ils sont où ?

—En Bretagne. Je suis originaire de là-bas.

—Tu ne les vois pas souvent alors ?

—Non… Et puis, on est un peu fâchés… Il y a eu un événement assez récent qu'ils n'ont pas bien digéré.

—Ah bon, quoi ?

—Je n'ai pas trop envie d'en parler.

Zoltan, c'est mon jardin secret. Je préfère garder ça pour moi. Changeons de sujet :

—Tu veux chercher dans quelle branche, après tes études ?

—La radio, ou le cinéma. Je veux être ingénieur du son, créer des bruitages, des effets, tout ça… Je suis passionné par le son depuis que je suis tout môme. Je me suis même fabriqué un ministudio dans ma chambre. Je mixe mes propres feuilletons radiophoniques.

—Je peux voir, enfin, entendre ?

—Euh, tu sais, c'est juste des maquettes. Des trucs pas aboutis…

—Pas grave. Sincèrement, ça m'intéresse.

J'insiste. Mo est réticent mais, à la fin du repas (quatre ou cinq plats plus tard !), il se lève et disparaît derrière les cuisines. Il revient avec un lecteur qu'il pose sur la table.

— C’est une adaptation du *Seigneur des anneaux*. Pour l’instant, c’est moi qui fais toutes les voix, donc il y a un côté amateur à ce niveau-là, mais je suis assez content du mix.

Il appuie sur une touche. Charmée par la musique et les effets sonores qui s’enchaînent de manière fluide, je me laisse transporter vers les Terres du Milieu. Les feux d’artifice orchestrés par Gandalf, les clairs ruisseaux glougloutant dans la Comté, le galop lugubre des cavaliers noirs : tout y est !

— Génial, je souffle au bout de quelques minutes, épatée.

— C’est vrai, ça te plaît ?

— J’adore. Tu as du talent, c’est sûr !

— Tu pourrais peut-être m’aider pour les voix féminines. Je te vois bien dans le rôle d’Eowyn.

— Je ne suis pas très bonne actrice, tu sais…

— Pas grave. Tu es une battante, comme Eowyn. Une guerrière !

— Si tu le dis.

Il éteint son appareil, puis demande :

— Une petite promenade digestive, ça te branche ?

Un quart d’heure après, nous sommes en train de donner à manger aux canards du parc Montsouris. On marche un peu, puis on s’assied à l’ombre d’un saule pleureur. Momo a failli sauter sur un vendeur de fleurs à la sauvette. Il voulait m’acheter une rose, mais je l’en ai dissuadé. Je vois bien qu’il est sur des charbons ardents. Il se mord la lèvre inférieure. Relevant le col doublé de fourrure de son blouson, il trouve le courage d'articuler :

— Karol, il faut que je te parle…

Aïe, je crains de deviner ce qu'il veut me dire.

— Je crois que… je suis amoureux de toi.

Bon, pas de panique. J'essaye de sourire.

— Mais, enfin, Momo, on se connaît à peine !

— Ouais, je sais… C'est ce qu'on appelle un coup de foudre. Tout me plaît en toi. Tu es parfaite.

— Ah bon ? Une fille genre « garçon manqué » qui jure comme un camionneur, ça te plaît ?

Il confirme en souriant :

— T'es une fille trop bien… Heu, et toi, tu éprouves quoi pour moi ?

— Ben… Je t'aime beaucoup…

— C'est tout ?

— Oui.

Il encaisse la gifle sans broncher, puis, après un court silence :

— C'est parce que je suis gros, hein ?

— Non, pas du tout.

— Tu peux me le dire, tu sais, j'ai l'habitude.

— Je t'assure, ça n'a rien à voir avec ça.

— C'est parce que je suis plus jeune que toi ?

— Non plus.

— Alors, où est le problème ?

Je lui dis ? Je lui dis pas ? C'est tellement… personnel.

— Tu ne sais pas tout de moi, Mo.

Je sors une photo de ma veste, lui tends.

— C'est Zoltan, mon fils.

L'espace d'un instant, il ressemble à un personnage de *cartoon* qui vient de prendre une armoire normande sur le crâne. Il bredouille :

— Et le papa ?

— Parti sans laisser d'adresse. Enfin, il en a laissé une, mais comme c'est de l'autre côté de l'Atlantique, ça revient au même.

Momo reste pantois. Un échantillon d'émotions contradictoires défile sur son visage.

— Ben, si je m'attendais à ça…

Je tente :

— Écoute, pour l'instant, j'ai une vie personnelle assez compliquée, et je n'aimerais pas la compliquer davantage, et puis surtout, je ne suis pas amoureuse… ça ne se commande pas, ces trucs-là, tu sais ? Alors j'aimerais qu'on en reste là… Amis ?

Il hoche la tête :

— Oui, bien sûr, amis… (Il baisse les yeux, puis les relève.) C'est à cause du petit Zoltan que tes parents ont disjoncté ?

— Ouais. Enfin, plutôt à cause du papa. Je l'avais emmené en Bretagne dès le début de notre relation et… bref, disons que le courant n'est pas passé. Ma mère n'arrêtait pas de me répéter : « C'est un bon à rien, ce garçon. Tu verras, au premier coup dur, il va te laisser tomber… »

— C'est pour ça que tu ne veux pas revoir tes parents ? Parce que, d'une certaine manière, ils avaient raison ?

— Je préfère galérer que de me taper leurs sermons pour la énième fois : « Et gnagnagna, tu es trop naïve » ; « Et gnagnagna, je te l'avais bien dit ! » Je sais que c'est peut-être de la fierté mal placée, mais je veux m'en sortir toute seule. Tu comprends ?

— Je crois, ouais. Moi aussi, des fois, j'aimerais bien que ma mère me voie comme un adulte et non comme un petit garçon…

Momo secoue la tête en expulsant un gros soupir :

— Un bébé ! Là, tu m'en as bouché un coin !

— Je suis une fille pleine de surprises, je dis en lui déposant un bisou sur la joue.

Il essaye tant bien que mal d'escamoter sa déception par un sourire de dur à cuire, dents serrées, mais je sens bien qu'il est blessé.

— Hé, Mo, ça va ?

— Ouais, je survivrai… De toute façon, je n'ai à m'en prendre qu'à moi-même. À chaque fois, c'est pareil. Je me laisse avoir. Je m'imagine des trucs, même si, au fond, je sais que j'ai aucune chance. Après, j'ai les boules, mais bon… J'suis rodé.

— Je crois sincèrement que tu vas finir par trouver quelqu'un.

— Moi, je crois pas. D'ailleurs, je les comprends, les filles. Je n'leur en veux pas. Si j'étais à leur place, je serais pas non plus attiré par ma pomme, c'est sûr ! Mais enfin, je me disais que, toi, peut-être, tu étais… différente…

— Analyse tes sentiments. Pourquoi as-tu flashé sur moi ?

Il réfléchit :

— Ben, je sais pas… C'est toi la fille la plus jolie du groupe et puis…

— Ah, tu vois ? Toi aussi, tu te contentes des apparences. Tu reproduis à ton niveau les préjugés contre lesquels on se bat ! C'est toujours plus facile d'aller vers le plus beau ou la plus belle ; c'est plus gratifiant ! Alors que, si ça se trouve, il y a dans le groupe des filles auxquelles tu n'as même pas prêté attention et qui ont plein de choses en commun avec toi. Évidemment, faut gratter derrière la surface, ça demande davantage d'efforts.

Il me sourit, gentiment malicieux.

— Tu as raté ta vocation, Karol. Tu aurais dû faire psy !

— M'ouais. Dommage qu'on soit toujours de meilleur conseil pour les autres que pour soi-même.

— D'accord, alors on passe un *deal* : tu me conseilles sur ma vie sentimentale, et moi je fais pareil avec toi. Les amis, ça sert à ça, non ?

— Marché conclu !

8
Brainstorming

Le jeudi suivant
22:00

Cette fois, le géant qui monte la garde au 17, rue du Président-Sarko me laisse entrer sans me réclamer de mot de passe. Il va même jusqu'à me lancer :

— Chapeau pour le Mukada Plaza.

— Heu, merci.

Une fois dans le couloir, je retire la casquette qui me mange tout le haut du visage. Les portraits tridi diffusés par la police ne sont guère ressemblants, mais on ne sait jamais. Je fais quelques pas dans la pénombre. Le brouhaha est plus fort que jeudi dernier. Et pour cause, il y a deux fois plus de monde dans la grande salle. Certains des nouveaux venus ont le crâne rasé et des tronches pour le moins patibulaires. Je me morigène presque aussitôt : « Allons, tu ne vas pas tomber dans le panneau du délit de sale gueule, toi, une militante du groupe Héphaïstos ! » Ils sont peut-être géniaux, ces mecs ? Momo a le crâne quasiment rasé, lui aussi, et c'est quelqu'un de très fréquentable. D'ailleurs, le voici, mon pauvre Momo, en train de me faire « coucou » avec un sourire tristounet. Je vais le saluer en retour lorsque Luther m'agrippe le poignet pour me lever le bras :

— Notre héroïne, mesdames et messieurs ! Championne de saut acrobatique sur building !

On m'applaudit. Je ne sais plus où me mettre. L'enthousiasme retombé, je me penche à l'oreille du beau gosse :

— C'est qui ceux-là ? je murmure en désignant du menton les crânes rasés.

— Des types motivés. La poursuite nous a fait une sacrée pub dans les milieux *underground* !

— Mais, heu… ils savent pour quoi on se bat, au moins ?

— Ouais, ouais. Ils sont cent pour cent de notre côté.

Après la phase de présentation (deux obèses, un transsexuel, un ancien boxeur dont le nez bulbeux évoque une courgette, etc.), nous nous scindons en groupes de discussion répartis dans la grande salle ; six ou sept personnes par cercle, pas davantage. La question du soir se résume ainsi : « Quelle cible choisir pour notre prochaine action ? » Momo est dans mon groupe. On se fait la bise. Je suis soulagée car je ne sens plus de gêne entre nous. Plus de tension. D'autres garçons m'auraient sans doute détestée pour avoir ainsi malmené leur amour-propre, ou bien ils se seraient renfermés sur eux-même. Mo a tenu le coup.

Le débat en comité réduit démarre sec : Duduche

propose de remplacer en douce tous les parfums de luxe d'un grand magasin par de l'urine. Mo et Francis, le chômeur licencié à cause du jeunisme, approuvent en riant. Très vite, la discussion dévie sur les critères de la beauté. Quels sont-ils ? Peut-on parler de standards universels ? La société nous impose-t-elle des goûts (ou des dégoûts) prémâchés ?

— Tout est de la faute du beau prince charmant, dit Tanya, la quinquagénaire aux dix-sept liftings. On nous conditionne dès le plus jeune âge à ces fadaises, et nous, comme des idiotes, nous attendons qu'il vienne nous enlever sur son fier destrier ! Pourquoi faut-il qu'il soit beau, le prince charmant, hein, d'abord ? On peut être charmant et moche !

— Tu veux faire quoi ? demande un nouveau dont je n'ai pas retenu le nom (un pauvre bougre au strabisme prononcé). Réécrire tous les contes où le crapaud se transforme en bellâtre ?

— Pourquoi pas ? On pourrait aussi attaquer au cutter les poupées Babsy dans les rayons des supermarchés. Combien de petites filles ont été traumatisées par cet archétype de la blonde filiforme aux yeux bleus et au petit nez retroussé ? Des millions ? Babsy à la plage. Babsy star de cinéma. Babsy reine du bal… Comment veux-tu te structurer de manière équilibrée avec des modèles pareils ? C'est… c'est dégueulasse !

Un autre nouveau (un jeune homme doté d'un appendice nasal digne de Cyrano) se lance :

— Et si on dénonçait publiquement les acteurs ou les chanteurs qui ont eu recours à la chirurgie esthétique ?

—Bah, rétorque Momo, maintenant, presque tous les gens qui en ont les moyens le font ; ça n'a rien de choquant.

—Ouais, mais il y en a qui continuent à prôner le naturel triomphant en façade. Et puis, en coulisse, c'est collagène, silicone, électrosuccion et bistouri ! Ils n'ont qu'à assumer, merde !

Je grogne :

—La délation, je n'aime pas ça. C'est un peu minable comme procédé.

Le brainstorming dure encore une bonne heure. Les idées fusent. On dit ce qui nous passe par la tête, sans crainte du ridicule. Et ça marche. De fil en aiguille, des plans se dessinent… La conclusion de notre petit groupe de travail ? Tagger un slogan géant sur la façade du secrétariat à la Beauté !

Luther frappe dans ses mains puis demande le silence. On passe en revue les propositions. La nôtre est rejetée car jugée trop risquée. Les milices privées surveillent sans relâche les bâtiments officiels et les lieux de culte (surtout depuis que des militants de Gay Attitude ont réussi à enfiler un préservatif géant sur une flèche de la cathédrale Notre-Dame).

L'un des crânes rasés se lève et postillonne :

—« Allumez le feu aux quatre coins des villes, fauchez les peuples, rasez tout, et quand il ne restera plus rien de ce monde pourri, peut-être en repoussera-t-il un meilleur ! » Il brandit un vieux livre de poche. C'est pas moi qui le dis, c'est Zola, dans *Germinal* !

Petit moment de gêne. On fait rasseoir l'excité.

— Sans en arriver à de telles extrémités, nous devons frapper plus fort que la première fois, expose Luther. C'est la règle en matière de communication. Je songe pour ma part à un raid nocturne dans une clinique privée spécialisée dans la chirurgie esthétique haut de gamme !

— Et une fois à l'intérieur ? demande une voix anonyme.

— On casse tout !

— C'est du matériel qui coûte cher, grommelle quelqu'un. Si on nous attrape, ça peut nous coûter très cher à nous aussi.

— C'est un risque à courir, reconnaît Luther. Je n'oblige personne. Votons.

Résultat des courses : seize voix pour le saccage. Neuf contre. Cinq membres s'abstiennent. Momo et moi faisons partie des neutres. Je ne sais pas trop quoi penser de cette décision (infraction et dégradation de biens privés, ça ne rigole pas), mais j'accepte de me plier à la *vox populi*. Ce sont là les bases de la démocratie, pas vrai ?

— Très bien, acquiesce Luther. Je prends acte de notre décision. Nous reparlerons de cette seconde opération dès que la cible sera fixée. Merci à tous et à la semaine prochaine !

La séance est levée.

9
Un nouveau prétendant

Lundi
17:00

Je viens de monter mes cinq étages à pied (l'ascenseur est en panne, comme d'hab') et je m'accorde une pause bien méritée sur le palier lorsque mon persoc émet une trille flûtée. J'ai un sac qui déborde de provisions dans un bras et Zoltan, qui déborde d'énergie, dans l'autre. Je pose le sac pendant que mon fils essaie de me grimper sur la tête.

— Allo ? je halète, l'appareil coincé entre l'épaule et la joue.

— Salut, c'est Luther. On a trouvé de nouveaux locaux.

— Ah ? Super…

— On a besoin de bras pour faire un peu le ménage. Tu peux venir ?

Zoltan, qui a mis un terme à ses projets d'escalade, est maintenant très occupé à me tirer les cheveux. Je grimace :

— Là, j'peux pas. Et demain matin, je bosse au

McBurger ; mais j'essaierai de faire un saut dans l'après-midi, ça te va ?

— Parfait. Je te file l'adresse.

— Attends, je note…

J'ai à peine coupé la communication que Zoltan me vomit dessus.

Y a des jours comme ça…

La journée du mardi n'est pas meilleure. Elle est même largement pire !

Je suis verte. Je viens de perdre mon boulot ! Tout ça à cause de ce connard de Franck, qui m'accuse d'avoir mal fermé la chambre froide :

— C'était bien ton tour, lundi midi, n'est-ce pas, Spengler ?

Il paraît que, par ma faute, on a dû jeter quatre cents kilos de pommes de terre et de steaks congelés. Mais je l'ai bien verrouillée, la réserve, ça je m'en souviens parfaitement. J'ai protesté comme une malade, mais je suis sûre que l'autre salaud avait mijoté ce coup bas pour se venger. Quand il m'a tendu mon chèque de licenciement, il n'a pas pu s'empêcher de lâcher :

— C'est vraiment trop bête de perdre un bon élément comme toi, Spengler.

Le tout assorti d'un sourire de chat rassasié.

Il a moins souri quand mon poing s'est écrasé sur son nez avec un craquement sinistre. Sur le coup, ça soulage, mais c'est une maigre consolation.

Je suis dans la merde. Il n'y a pas d'autres mots. *The big* angoisse ! Comment je vais faire ? Déjà que j'avais du mal à joindre les deux bouts, alors maintenant… Il est peut-être temps de lancer un SOS à mes parents ? Cette idée me hérisse le poil rien que de l'envisager. Mon père ? Il ne dit trop rien. Cela a toujours été comme ça à la maison. C'est plutôt ma mère qui me gave. Elle ne va pas me rater quand je vais lui raconter mes malheurs. Elle sera trop contente de me faire la morale. Je serre les poings en visualisant la scène dans mon esprit, et me rétracte comme une huître au contact du citron. Je grince :

— Oui, maman qui a toujours raison et connaît tout sur tout. C'est ma faute, ma trrrrrès grande faute !

Je retiens des larmes acides alors que le bus arrive à Rungis, dans la banlieue sud. C'est là que mes amis ont établi leur quartier général, si j'en crois les indications de Luther. Je descends à l'arrêt inscrit sur mon papier. Je regarde autour de moi. Ce n'est pas ce décor qui va me remonter le moral : des parkings déserts, des bâtiments laissés à l'abandon. Le sol est parcouru de lézardes envahies de mauvaises herbes. Je me trouve dans la SILIC, une zone industrielle fantôme qui borde Rungis. Je cherche la bonne adresse, hésitant à chaque carrefour avant de m'engager entre deux nouvelles rangées d'entrepôts désaffectés. Mes pas claquent et se répercutent en échos le long de ces canyons artificiels. Ils ont choisi un coin discret, les copains, ça c'est sûr ; je m'étonne que le secteur ne soit pas encore tombé aux mains des démolisseurs et des bulldozers.

— Kaaarol !

Je lève les yeux. C'est Tobias qui me fait signe par une fenêtre. J'allais passer devant le bon numéro sans même m'en rendre compte.

—Monte ! On est au dernier !

C'est un immeuble de bureaux, une façade découpée de rectangles au verre opacifié. J'entre dans le hall, montre patte blanche à un garçon (encore un nouveau crâne rasé !) que je ne connais pas. Bien entendu, l'ascenseur est HS. Me revoici donc partie pour quelques étages à pinces. J'ai l'habitude.

Une activité fébrile règne sur toute la longueur du sixième et dernier niveau. C'est Luther en personne qui m'accueille.

—T'en fais une tête, Karol ? Des problèmes ?

—Ouais. J'ai ma dose en ce moment…

Il approuve, sans chercher à en savoir davantage, et balaie les alentours d'un ample mouvement de bras :

—Alors, t'en penses quoi ? Pas mal, hein ?

—Y a de l'espace.

—Ouais, on va faire de grandes choses ici !

Je veux bien le croire mais, pour l'instant, quel capharnaüm ! Certains membres du groupe empilent des cartons, d'autres les déballent. On cloue, on visse, on pose des étagères là où il n'y avait jadis que des graffitis obscènes. Deux ou trois personnes tirent des fils au plafond sous l'œil attentif de Tobias. Agnès installe un ordinateur dans un coin pendant qu'une grosse dame à côté d'elle range des listings imprimés.

—Ce matos va nous permettre de sortir des faux

papiers, précise Luther. On sait jamais, ça peut servir…

Il y a un sacré boucan : une machine à laver le sol, des perceuses électriques…

— D'où vient le courant ?

— On a un générateur.

En effet, j'entends comme un staccato de vieille machine à coudre derrière le tintamarre ambiant. Je remarque Momo, à l'autre bout de la salle. Il est occupé à détruire méthodiquement à coups de poing une cloison en contreplaqué. Des « assistants » rassemblent les débris dans de grands sacs-poubelles. Il se dégage de tout l'étage une odeur de sueur rance, de bière et de pizza aux poivrons.

— Tu me suis dans mon bureau ? me fait Luther, sourire en coin.

— D'accord.

Nous entrons dans une pièce adjacente. Beaucoup de cartons, ici aussi, et un sac de couchage plié contre un mur, mais mon attention est surtout attirée par un engin rouillé muni d'un gros levier, type bandit-manchot, qui ressemble à une presse à découper.

— C'est une machine à fabriquer des badges, m'explique Luther. Un vieux truc du siècle dernier. On l'a récupérée dans une décharge, mais elle fonctionne encore très bien.

Il enfouit sa main dans un carton et en sort une poignée de rondelles métalliques.

— Faut qu'on trouve un slogan court pour imprimer là-dessus, poursuit-il. T'as une idée ?

—Euh, là, comme ça… non.

—Ou alors un logo ? On a un ou deux bons designers avec nous ; ça devrait le faire.

—C'est cool.

Luther rejette les badges vierges où il les avait piochés. Sans prévenir, il me colle contre la machine. Ses lèvres s'écrasent sur les miennes, ses mains broient mes épaules…

—Hééé ! je m'écrie en le repoussant. Qu'est-ce qu'il te prend ?

—Quoi ? T'en as pas envie ?

J'arrive pas à y croire. J'affole tous les garçons en ce moment ! Je suis à ce point-là irrésistible ?

Je grogne :

—Écoute, j'ai rien contre toi, au contraire, mais le dernier beau gosse qui m'a sauté dessus a disparu de la circulation dès que j'ai vraiment eu besoin de lui, alors disons que… je préfère bien connaître les gens avant de me lancer dans ce genre de choses.

Les traits de Luther se durcissent.

—Je suis déçu, Karol. Après ce qu'on a vécu ensemble l'autre jour, je pensais que nous étions plus proches que ça.

—Attends, je pige pas. Qu'est-ce que tu me trouves, au juste ? Tu es canon, et moi, une catégorie 3… Je suis persuadée que tu peux avoir toutes les filles que tu veux !

—Les minettes BCBG, j'en ai fait le tour. Mais une fille dans ton genre… Tu as du cran, je te l'ai déjà dit, et ça me plaît.

Il est riche, mignon. Je suis seule et fauchée, avec

un bébé à nourrir. J'avoue que, l'espace d'une seconde, l'envie me titille de profiter de la situation. Je pousse un soupir intérieur : on ne se refait pas, je ne suis pas comme ça. Je ne vais pas lui jouer la comédie. Il y a un truc qui m'effraie chez lui. Je ne sais pas encore exactement quoi. Peut-être cet éclat un peu trop brillant dans ses yeux quand il s'emporte…

— OK, OK, grogne-t-il. On efface tout et on recommence. Je me suis trompé, excuse-moi.

Le malaise flotte encore dans la pièce. Néanmoins, je tente de sourire :

— D'accord. En ce qui me concerne, c'est oublié. Tu voulais me voir seule juste pour ça ou…

— Non. Je voulais te parler de la prochaine opération. On a choisi la cible, ça y est, et on passe à l'action demain soir. Je suis en train de monter l'équipe. Il me faut des gens avec des nerfs solides, tu comprends. J'ai pensé à toi. Tu as été impec sur le toit du Mukada.

Mon cœur saute un battement. Je risque :

— Je suis flattée, mais je ne sais pas si…

— Karol, je t'apprécie vraiment beaucoup. J'ai confiance en toi. La cause a besoin de personnes de ta trempe.

Il me prend les mains et dégaine son sourire à la Harrison Ford.

— Allez, tu ne vas pas me dire non deux fois le même jour, hein ?

Je déglutis.

C'est la nuit. Je regarde mon fils dormir à la lueur fluorescente des chiffres du radio-réveil. Je l'aime si fort que, des fois, l'intensité de ce sentiment me fiche la trouille. Tous les parents doivent connaître de semblables élans du cœur, je suppose…

Les dernières dents de Zoltan ne lui font plus mal. Il semble apaisé. Je ne peux pas en dire autant. J'ai beau fermer les yeux et me concentrer sur des exercices de yoga lus dans les magazines, la peur me noue les tripes. Peur de mes engagements. Peur du futur. Le mien n'est pas rose.

J'ai dit oui à Luther. Je vais faire partie du commando.

Et si tu te retrouves en taule, hein ? ne cesse de susurrer une petite voix dans ma petite tête.

On me retirera la garde de Zoltan. Je ne pourrai plus le voir, le toucher, l'embrasser… Cette pensée m'est insupportable.

J'ai une folle envie de faire machine arrière. Je pourrais toujours me défiler au dernier moment, trouver une excuse bidon. Seulement, si tout le monde est aussi lâche que moi, qui va continuer le combat ?

Je respire profondément, en essayant de m'astreindre au calme intérieur.

Est-ce que le jeu en vaut la chandelle ?

Je crois, oui… La dictature de la beauté, les injustices, ça ne peut plus durer.

Je murmure :

—Je vais prendre des risques, d'accord, mais dans le fond, je vais le faire pour toi, Zoltan. Je veux que tu grandisses dans une société moins pourrie que celle-ci.

Il remue dans son sommeil, babillant des syllabes indistinctes. Évidemment, il ne peut pas me répondre. Cependant, quelque chose me dit que, tout au fond de son être, il me comprend.

10
Le point de non-retour

Mercredi
23:50

C'est ici, dit Fanny.

Nous sommes dans le vingt-huitième arrondissement, Neuilly quoi. Le jeune fille au visage mutilé pointe du doigt le bâtiment où, quelques semaines plus tôt, elle a vu sa vie se transformer en cauchemar. Il s'agit d'un immeuble de brique rouge, à deux étages, qui rompt la monotonie d'une rangée de pavillons coquets.

—Le bloc est au second, continue Fanny. Au premier, il y a des chambres pour les patients qui doivent rester en observation pendant quelques jours. Le rez-de-chaussée, c'est l'accueil. Le vigile se trouve là.

Nous sommes six: quatre garçons (Luther, Momo, un crâne rasé et le punk aperçu le jour du commando RE-Air) et deux filles (moi et Fanny), entassés dans un van garé en face de la clinique privée.

—À toi de jouer, dit notre chef avec un mouvement de tête à l'adresse du crâne rasé.

Ce dernier enfile une cagoule de ski noire, fait coulisser la porte du véhicule et sort, une corde enroulée sur l'épaule.

—Il va y arriver, tu crois ? je demande à Luther.

—Ouais. Sans problème. C'est un pro de l'escalade.

Notre éclaireur traverse la rue, se talque copieusement les mains, puis frotte ses paumes poudrées de blanc avant de se lancer à l'assaut du mur. Les interstices entre les briques sont minimes, mais apparemment cela lui suffit. Il grimpe à une vitesse impressionnante. On dirait Spiderman, l'homme-araignée.

Un coup d'œil à Momo. Il est tout pâle, comme moi. Nous avons peur, même si nous faisons de notre mieux pour le dissimuler. Mon cœur pulse au creux de ma poitrine. Si une patrouille de flics passe maintenant, je suis bonne pour la crise cardiaque.

—Mettez vos cagoules, on y va, lâche Luther.

On sort tous du van, déguisés en ninjas. Tous sauf le garçon à la crête d'iroquois, qui reste au volant, prêt à démarrer sur les chapeaux de roue en cas de pépin.

Spiderman nous a jeté la corde. On escalade le mur un par un. Momo est celui qui a le plus de mal. Il parvient sur le toit, le souffle court, la cagoule trempée de sueur.

—Tu vas tenir le coup ? questionne Luther en lui tapant sur l'épaule.

Mo fait oui de la tête.

On remonte la corde. Spiderman a repéré une trappe d'accès. Un pied-de-biche savamment manié a raison de cet obstacle en moins de trois minutes.

—Enlevez vos chaussures, murmure Luther.

On se laisse couler dans l'ouverture pour atterrir sur un sol en lino. J'allume ma lampe torche : un extincteur, des feuilles de service punaisées au mur. Nous sommes dans un couloir imprégné par cette odeur médicamenteuse typique des hôpitaux.

— C'est par ici, chuinte Fanny.

Nous la suivons en file indienne.

La porte du bloc est verrouillée mais, une fois encore, le pied-de-biche entre en action. Nous pénétrons dans une salle qui n'est pas sans évoquer une version moderne et aseptisée de l'antre du docteur Frankenstein : tout l'appareillage d'anesthésie s'organise autour d'une sorte de fauteuil de dentiste inclinable. Une table d'opération articulée complète le tableau. Des écrans en mode veille et des ordinateurs — ils occupent trois pans de mur sur quatre — ronronnent doucement. Mon regard se porte sur une collection d'instruments aux lames effilées. Aussitôt, des visions de chairs dénudées, de peaux découpées me bombardent l'esprit en flashs subliminaux.

— Primo, souffle Luther, les ordinateurs.

Il glisse un datadisc dans la fente appropriée et tire avec un peu trop de précipitation la planchette du clavier. Horrifiée, je vois qu'il vient de faire tomber un mug Snoopy. Le chien de Charly Brown semble tournoyer au ralenti.

Bliiing !

La tasse a volé en éclats.

Chacun retient sa respiration. On n'ose plus bouger. Le bout de ma langue passe entre mes dents, essayant vainement d'humidifier mes lèvres. J'avale ma salive, mais la grosse boule qui m'encombre la gorge l'empêche de descendre. Et puis ça gratte, cette cagoule en laine ! C'est une horreur.

Une minute passe. Deux minutes.

Rien.

Nos muscles se relâchent. On se détend. Luther nous fait un signe de tête qui signifie « remettez-vous au travail ». Pendant que Fanny monte la garde, armée du pied-de-biche, le crâne rasé et Momo lacèrent les cordons qui relient entre eux certains appareils. Comme Zorro signait jadis ses exploits, je tague « Héphaïstos » sur les murs. Notre chef tape rageusement sur le clavier et ce cliquetis frénétique comble le silence pesant.

—Avec le virus que je leur balance, ricane Luther, ils peuvent jeter à la poubelle tout leur parc informatique.

Il a un petit rire sec.

L'instant d'après, tout bascule.

—HAAAAAAAA !

Hurlant comme une démente, Fanny fracasse les rangées d'ordinateurs à coups de barre de fer. Les moniteurs vidéo implosent avec de gros WOUCH, et des gerbes d'étincelles cascadent sur le sol. Les garçons se précipitent et ceinturent la furie, mais il est trop tard. Le mal est fait.

—Qu'est-ce qui te prend ? s'étrangle à moitié Luther.

—Un virus, ça suffit pas ! crache Fanny. Faut tout ravager ! Tout ! Eux, ils m'ont bien ravagé la gueule, ces enfoirés !

— Arrête, calme-toi !

La jeune fille continue de se débattre et de crier, hystérique, en larmes ! Luther n'hésite pas : bing, son poing assomme la forcenée. Direct !

— Momo, tu la portes. On dégage, vite !

Mo soulève Fanny et la cale sur son épaule. Mon esprit est paralysé, anesthésié par la peur. J'ai la curieuse impression de regarder un film 3D très réaliste, d'être une spectatrice extérieure à l'action.

— Bouge de là, me dit Luther en me remorquant derrière lui.

Nous sortons du bloc. Direction la trappe d'accès. Pas de temps à perdre.

Ding ! La porte de l'ascenseur situé au bout du couloir s'ouvre. Un petit homme chauve et moustachu se tient dans la cabine. Il braque son pistolet automatique sur nous, à deux mains, comme dans les polars américains. Il tremble. Moi aussi, je tremble, tu parles !

— On ne bouge pas, fait-il en se raclant la gorge.

Il s'avance. Un pas, puis encore un autre, le flingue toujours levé. Toute son attention est focalisée sur ce qui se passe devant lui. Il n'a pas vu Spiderman, tapi dans l'ombre, à sa gauche. Spiderman, qui a récupéré le pied-de-biche de Fanny, dans le bloc opératoire. Je pressens ce qui va advenir.

Oh, mon Dieu…

Je porte une main à ma bouche pour étouffer un cri. Le vigile s'étonne de mon expression terrifiée. Il tourne la tête et…

SHLAC !

La barre en métal lui a fendu le crâne. Il s'affale, ramassé sur lui-même. Je détourne les yeux et cherche quelque chose pour m'appuyer car mes jambes ont soudain pris la consistance du chewing-gum.

—Hé, tu ne vas pas tomber dans les pommes ? me lance Luther, d'une voix aussi lointaine que si elle venait d'un haut-parleur situé à l'autre bout du couloir.

—Je me sens pas bien…

—Ressaisis-toi, Karol.

Luther me gifle :

—Ressaisis-toi, nom de Zeus ! C'est pas le moment de nous lâcher !

Il va pour me gifler une seconde fois, mais Momo retient son bras.

—Laisse-la, ordonne mon ami, ça va aller.

Il a toujours le corps de Fanny sur les épaules. Sa voix est blanche comme sa peau. Nous avons tous des têtes de spectres blafards. Luther et Mo s'affrontent un court instant du regard, puis le beau gosse jette :

—Cassons-nous !

Je vis les minutes suivantes (la remontée sur le toit, puis la descente côté rue) comme une sorte de cauchemar éveillé. Mes gestes s'enchaînent tout seuls pendant que mes pensées vagabondent Dieu sait où.

On a tué quelqu'un !

Je me répète cette phrase sans arrêt, mais elle me paraît vide de sens. Je n'ose pas exhumer la signification cachée derrière cet assemblage de mots creux.

On a tué quelqu'un !

On me pousse dans le van. Mon front heurte l'un des

deux bancs boulonnés sur les flancs du véhicule et je vois trente-six chandelles.

— Qu'est-ce qui se passe ? questionne le conducteur.

— T'occupe ! crie Luther. Fonce !

Rugissement du moteur. Le démarrage me fait basculer sur mon voisin. C'est Mo. Je me rassieds. J'ai mal au cœur. J'enlève cette foutue cagoule qui me gratte le cou. Je réalise que je me suis ouvert le front. La blessure n'est pas profonde, mais ça saigne.

— Dites-moi ce qui se passe, putain ! s'affole le punk en passant les vitesses avec des mouvements désordonnés.

Luther lui raconte tout. Je revois les images au fur et à mesure. Lorsqu'il arrive au moment fatal du récit, la colère supplante mes autres émotions. Le cerveau en feu, j'attrape Spiderman par le col de son blouson :

— Qu'est-ce qui t'a pris ? je crie d'une voix tremblante. Tu pouvais pas le frapper au… au… je sais pas moi ! À la main ? Au bras ?

— Il allait vous tirer dessus, tente de se justifier le crâne rasé.

— Tu te rends compte de ce que tu as fait ? Tu réalises la merde dans laquelle tu nous as mis ?

— Il est peut-être pas mort…

— Pas mort ? Tu lui as explosé le crâne ! Tu… tu…

— Calme-toi, Karol ! aboie Luther.

J'arrête de secouer le jeune meurtrier et me cache le visage entre les mains.

— On a tué quelqu'un, je sanglote. On a tué un être humain.

— C'était un accident, plaide Luther. Quasiment de la légitime défense.

— Tout ça, c'est de la faute de l'autre tordue, grogne Spiderman en montrant le corps inanimé de Fanny. C'est elle qui a foutu la merde en premier. Si elle avait pas pété les plombs, rien de tout ça ne serait arrivé.

Durant la dernière partie du trajet, l'ambiance est carrément mortelle. Chacun se mure dans ses pensées. Luther se ronge les ongles et en crache les rognures à la chaîne. Le crâne rasé regarde les rues qui défilent par-delà les vitres, l'air absent. Momo a les yeux rougis. Il se frotte le visage et renifle de temps en temps. Je n'ose pas imaginer à quoi je ressemble. Un désespoir absolu pèse sur mes épaules. Le stress laisse bientôt place à une fatigue incommensurable.

Je suis la première à être déposée.

Avant de refermer la porte coulissante du van, je déclare gravement :

— Je quitte le groupe. C'est fini.

— Essaye de dormir et réfléchis-y demain, calmement, me conseille Luther.

— C'est tout réfléchi, je dis en rabattant le panneau d'un coup sec.

Je monte mes cinq étages, rentre chez moi et me jette sur le lit. Des pleurs me secouent. Je m'enfouis la tête sous l'oreiller pour ne pas réveiller mon fils qui dort tranquillement, la bouche ouverte, une peluche Winnie l'Ourson serrée dans ses bras.

II
Malaise

Jeudi matin

Dire que j'ai mal dormi relève de l'euphémisme. Je n'ai pu trouver le sommeil qu'au lever du jour. Bien sûr, Zoltan s'est réveillé peu de temps après, affamé et bougon. J'aimerais bien me convaincre que les événements de cette nuit ne sont rien d'autre qu'un mauvais rêve, mais je sais pertinemment qu'il n'en est rien, comme l'atteste mon bobo sur le front.

Et toujours cette pensée obsédante : *on a tué quelqu'un!*

Je suis accroupie, en train de laver mon fils dans la bassine qui nous sert de baignoire, quand soudain on frappe à la porte. Je sursaute si fort que j'en tombe sur les fesses.

La police ? Déjà ?

—C'est moi, ma petite Karol….

Mme Voisin!

Profond soupir de soulagement.

Je me relève, ouvre la porte.

—Je ne vous dérange pas, ma chérie ? fait la vieille dame de sa voix grasseyante.

—Non, non, pas du tout, entrez…

—C'était juste pour vous dire que…

Elle s'interrompt, gênée, avant de reprendre :

—Je ne voulais pas me montrer indiscrète, je vous assure, mais j'ai entendu des pleurs provenant de chez vous, durant la nuit.

J'ai laissé l'écoute-bébé allumé ! Quelle gourde, mais quelle gourde !

—Vous êtes sûre que tout va bien ? s'inquiète Mme Voisin.

Je bredouille :

—Ce… c'était Zoltan qui pleurait à cause d'un… d'un cauchemar.

—Ah ? Pourtant, cela ressemblait à des sanglots de grande personne.

Elle n'est pas née de la dernière pluie, super-mamie.

—Bon, d'accord. C'était moi. J'ai… perdu mon travail au McBurger avant-hier et j'avais un petit coup de blues, voilà, j'avoue.

—Oh, ma pauvre chérie. Je peux faire quelque chose ?

—J'ai un entretien en fin de matinée chez Voyages Passion, alors si vous pouviez garder Zoltan…

—Pas de problème. Je suis toujours heureuse de vous dépanner, vous le savez bien.

Elle me sourit, mais son regard reste perçant, comme si elle cherchait à lire dans mes pensées…

—Je vais vous livrer un secret, ma petite, poursuit-elle. Quand tout va mal, priez votre bonne étoile. Vous vous en souviendrez ?

— Euh, oui…

— Il faut toujours croire en sa bonne étoile ! C'est ma devise.

Sur ces mots, elle fait volte-face et s'en retourne en fredonnant *If You Wish Upon a Star*[2].

11:30

— Bonjour. Qu'est-ce qui vous est arrivé au front ? demande le recruteur dès que je pose le pied dans son bureau.

— Euh, rien, un bête accident domestique.

Il opine. Il est âgé d'approximativement quarante ans, et sa dentition très blanche tranche sur son hâle profond. Je m'assieds en face de lui, hypertendue.

— Vous connaissez notre catalogue, mademoiselle Spengler ?

— Oui, et je trouve qu'il est très bien fait, très attrayant. Je crois que vous avez raison de miser sur des offres de vacances personnalisées. Les voyages en groupe appartiennent au passé. Les gens ont envie de vivre des aventures uniques.

J'essaie me concentrer, mais mon esprit ne cesse de rejouer en boucle les images de cette nuit : la barre de fer qui s'abat ; shlac, le bruit du métal contre la chair ; un mur moucheté de sang ; le vigile glisse au sol…

2. « Si tu pries ta bonne étoile », chanson du dessin animé *Pinocchio*, de Walt Disney.

— Qu'est-ce qui vous intéresse dans le métier de guide-interprète ? lance le chasseur de têtes.

— J'aime aller sur le terrain, et puis le contact avec les gens — *la barre de fer s'abat.* Mais à long terme — *shlac !* — je souhaiterais devenir chef de projet, concevoir mes propres circuits — *un mur moucheté de sang...* Je... j'ai beaucoup d'idées — *le vigile glisse au sol.* Je crois qu'on pourrait combiner certains séjours avec des... — *flaque de sang sur le lino* — des jeux de rôle, par exemple.

— Très intéressant...

Un goût de bile remonte dans ma gorge. Des points noirs fourmillent à la bordure de mon champ de vision. J'avale une longue goulée d'air avant de reprendre :

— Je crois que l'interactivité est quelque chose de très important — *shlac !* Le... le touriste ne veut plus être un consommateur passif — *SHLAC !* —, il aspire à...

Je me lève brusquement.

— Mademoiselle ? Vous êtes toute pâle !

— Excusez-moi... Je suis désolée, je dois partir...

Je sors du bureau. Vite, de l'air frais ! Un couloir, une porte... Je vais vomir...

Je tombe à genoux sur le trottoir. Mon petit déjeuner se vide dans le caniveau. Les passants me regardent d'un drôle d'œil, mais personne ne s'arrête pour m'aider à me relever ou me proposer un mouchoir.

Coup de fil de Mo, en fin d'après-midi :

— Allo, Karol ?

— Ouais.

—Je peux passer te voir? Je me sens mal, tu peux pas t'imaginer…

—Oh si, j'imagine très bien.

—Je… j'ai besoin de parler.

—Tu aimes les nouilles réchauffées?

—J'aime tout.

—Alors viens; tu connais l'adresse.

Mo arrive aux abords de dix-neuf heures, son éternel sourire triste sur le visage et un pack de bières chinoises sous le coude. Il a même apporté une peluche pour Zoltan, une sorte de panda géant vert fluo. C'est trop gentil.

—Hééé, salut, Zoltan! Regarde le nouveau copain que je t'ai amené.

Le panda, aussitôt baptisé « Néné », remporte un franc succès auprès de mon fils. Mo joue avec lui pendant que je prépare le repas. Il a l'air d'avoir un super contact avec les gosses. Zoltan l'a tout de suite adopté.

Je fais manger bébé, puis vient l'heure de la chanson, suivie du rituel du coucher (rituel invariable qui prend une dizaine de minutes, car il s'agit de dire bonne nuit à tous les objets de la pièce). Zoltan s'endort vers vingt heures, alors que les infos viennent à peine de débuter.

« *Saccage d'une clinique privée, cette nuit, dans le vingt-huitième arrondissement de Paris*, annonce la présentatrice après avoir lu le sommaire sur son prompteur. *Des images de Paul Raoux et de Gilles Bovon.* »

Mes tripes se vrillent en torche, comme un parachute défectueux.

Plan fixe du bâtiment de brique rouge. Des voitures de flics et une ambulance sont garées devant. On évacue un cadavre allongé sur un chariot à roulettes. La fermeture Éclair de son « sac à viande » est remontée jusqu'en haut. Je suis si bouleversée que je n'entends même pas le commentaire en voix *off*. Quelques rapides inserts détaillent le bloc opératoire dévasté. Sur les murs, mon tag HÉPHAÏSTOS est bien visible. La caméra sort dans le couloir. Zoom avant sur une silhouette dessinée à la craie. Une flaque de sang s'épanouit depuis l'endroit où reposait la tête du cadavre.

—C'était pas un cauchemar, je murmure sombrement.

Retour au plateau :

« Ce crime relance de manière indirecte le débat autour de l'échelle d'Apollon. Plusieurs autres mouvements anti-Apollon se déclarent solidaires des revendications du groupe Héphaïstos, même s'ils désapprouvent la violence employée par ce dernier. »

Vient ensuite un classique micro-trottoir : deux personnes interrogées sont opposées à la loi, deux autres sont plutôt pour (comme par hasard, elles doivent être classées au moins catégorie 4). Le dernier quidam s'en fiche.

Je baisse le son, énervée, et grommelle :

—Ils peuvent faire dire ce qu'ils veulent aux gens, avec leur montage. Tout cela ne prouve rien.

Nous mangeons nos pâtes sans enthousiasme. Elles sont trop cuites. Mo s'ouvre une bière et m'en propose une. J'accepte. À sa deuxième bière, il m'avoue qu'il a failli se rendre à la police, aujourd'hui, mais que la peur l'a contraint à faire demi-tour. La culpabilité le ronge. Je le comprends. Si je n'avais pas Zoltan à ma charge, je crois que j'irais tout raconter aux flics.

— Tu comptes rester dans le groupe ? je questionne en finissant mes nouilles.

— Je sais pas... Luther n'a pas tort quand il dit que c'était un accident. On n'avait rien prémédité, ça a mal tourné, c'est tout...

Je suis obligée d'acquiescer. Peut-être que j'ai été trop dure avec notre chef, la nuit dernière.

Les pubs laissent place à un talk-show. Le débat du soir ? L'échelle d'Apollon, bien sûr ! Une voix intérieure pleine d'amertume me glisse : *Dommage qu'il faille tuer des gens pour que le sujet soit abordé en* prime time. Je monte quand même le son. Je suis curieuse d'entendre les différents intervenants. Un militant des Citizens Freaks se trémousse, intimidé par les caméras, sur la même banquette que la présidente du collectif Beauté intérieure. Un représentant du secrétariat d'État à la Beauté et un top model leur font face. Au milieu de ce ring médiatique, nous trouvons l'animateur-arbitre, vif et sémillant comme il se doit.

Le type de l'administration attaque fort :

« L'apparence a toujours joué un rôle prépondérant

dans la vie publique et privée mais, avant, c'était un sujet tabou. Nous, au moins, nous avons eu le courage de prendre le taureau par les cornes et d'appeler un chat un chat ! Pourquoi ne pas dire ouvertement qu'un beau physique est important pour certains postes ?

*— Et les diplômes alors ? Et l'expérience ? s'in*surge-t-on dans le camp opposé.

— Notre société a évolué vers des emplois de service, réplique le politicien. *Je n'y peux rien, c'est ainsi. On attend des gens qu'ils soient avenants, ouverts aux autres, capables de dialoguer avec facilité. Ce n'est plus une question de compétences acquises mais bien une disposition d'esprit, un « savoir être » pour reprendre l'expression de ce sociologue du début du siѐle, Jean-François Amadieu !*

— C'est obligé d'être beau extérieurement pour savoir écouter ? » s'offusque la représentante de Beauté intérieure.

Le militant de Citizens Freaks (un gros monsieur au complet-veston fripé, qui a l'air d'un plombier en dépit de tous ses efforts pour s'habiller chic) s'emporte :

« C'est dégueulasse ! Il faudrait au moins établir des quotas ! Tout le monde a droit au travail !

— Des quotas ? raille le haut fonctionnaire. *Je croyais que vous vouliez être jugés sur vos compétences et rien d'autre ! »*

Le ton monte. Nos camarades s'énervent car l'animateur ne distribue pas le temps de parole de manière équitable. À chaque fois que les anti-Apollon essayent de développer une idée, on envoie de la pub, une chanson ou un numéro de trapèze ! En définitive, le débat est noyé dans un flux d'images et de sons disparates.

Je coupe la télé.

—Ce n'est pas complètement négatif, tempère Mo. Certains téléspectateurs reparleront de l'échelle d'Apollon demain, avec leur conjoint, au petit déjeuner, ou alors au bureau, avec des collègues… L'essentiel est que nos idées fassent leur petit bonhomme de chemin.

Il doit avoir raison. Je reconnais que je suis un peu perdue. Ou bien est-ce la bière qui m'embrouille les idées ?

—Je ne veux pas te mettre dehors, Mo, je dis en bâillant, mais je suis vraiment crevée…

—Bien sûr.

Il se lève. Dernières paroles sur le pas de la porte. Je murmure en lui prenant la main :

—Je suis contente que tu sois venu. Ça m'a fait du bien de parler.

—*Me too.*

Je me penche pour la bise et il m'embrasse rapidement sur la bouche, puis bat en retraite presque aussitôt, rouge comme un poivron.

—Excuse-moi, je… je ne voulais pas… c'était juste comme ça…

Il dévale les escaliers en continuant de s'excuser. Je suis si surprise qu'au lieu de réagir je reste là à le fixer, muette, sans y croire vraiment.

Quel garçon étonnant…

Et le plus étonnant, c'est que ça ne m'a pas déplu, ce petit baiser !

Je secoue la tête. Je suis trop claquée pour analyser mes sentiments.

Au pieu ! Vite !

12
Série noire

Vendredi matin

Assistante de direction, non... Pédopsychiatre, non... Concepteur multimédia, non...

Mon doigt passe en revue les annonces punaisées sur l'un des innombrables panneaux en liège de mon ANPE de quartier. Rien dans le tourisme, ni dans la traduction. C'est flippant. Je n'ai plus d'argent sur mon compte, et le loyer va tomber dans une dizaine de jours. Il faut absolument que je trouve un job. N'importe quoi...

Désespérée, je note deux références : livraison de pizzas à domicile et distribution de prospectus dans la rue.

Je me rends à la première adresse. Un bonhomme me reluque de bas en haut, derrière ses lunettes à double foyer, avant de laisser tomber :

— Je garde vos coordonnées, mais je ne vous promets rien. Le concept de notre boîte c'est « une pizza chez vous en moins de quinze minutes servie par une jolie fille », alors on est un peu exigeants sur le physique, quoi...

Imparable. Même son de cloche lors de mon second rendez-vous :

— On a remarqué que les prospectus partaient deux fois plus vite quand nos « hôtesses » étaient jolies, explique une vieille fille au sourire pincé. Donnez-moi quand même votre CV ; on vous rappellera peut-être…

J'hallucine ! Maintenant, il faut être mignon pour livrer des pizzas ou distribuer des papelards ! À quand les éboueurs catégorie 4 au minimum ? Les tourneurs-fraiseurs top models ?

— Putain, c'est n'importe quoi ! je hurle en sortant dans la rue.

Ma décision est prise : je reviens dans le groupe. Ras-le-bol de cette société de merde !

Furieuse, je monte dans un tram (sans payer mon ticket, y a pas de raison de donner du fric à un système qui fait tout pour me maintenir la tête sous l'eau !) direction Rungis !

— Hééééé, Karol ! s'exclame Luther en me tendant les bras. Le retour de la fille prodigue ! *Yes !*

Il m'étreint en ajoutant, plus sérieux :

— Je suis supercontent de te revoir parmi nous. Tu as fait le bon choix.

Je lui réponds par un hochement de tête tout en regardant autour de moi. On dirait que les effectifs du groupe ont encore augmenté. À vue de nez, il doit bien y avoir quatre-vingts personnes qui vont et viennent dans tous les sens. Je retrouve avec un certain plaisir cette atmosphère stimulante, ce chaos organisé où chaque individu a l'impression d'apporter sa pierre à l'édifice. Je demande :

— Vous préparez quoi ?

— Une manif. Il y aura tous les collectifs, plus les sympathisants. On attend des milliers de personnes.

Des banderoles, des drapeaux, des pancartes sont posés sur le sol. Les militants ont formé des ateliers : fabrication de hampes, découpe de tissu, traçage des dessins, des slogans, gonflage de ballons. Je remarque un coin réservé à la sono. C'est Mo qui s'en occupe. Il est très affairé et ne m'a pas vue. Immergé dans un fouillis de branchements compliqués, il inspecte des mégaphones, des amplis, des haut-parleurs et des caissons de basse. Quelqu'un fait sonner une corne de brume trois fois de suite. Plusieurs voix s'élèvent pour faire taire le trublion. Même si les gens crient fort, s'engueulent parfois, les disputes tournent court et l'ambiance est toujours bon enfant. Mon sourire se ternit quand j'aperçois le punk à crête d'iroquois distribuer des battes de base-ball à Spiderman et à ses potes.

— Fais pas cette tête-là, soupire Luther. C'est notre service d'ordre. Pour empêcher les débordements…

— Avec des battes ? je rétorque. Le « débordement » de l'autre nuit ne t'a pas suffi ?

— C'était un ac-ci-dent ! Faut que je te le dise en quelle langue ?

Je baisse le ton :

— Et Fanny ?

— Je l'ai exclue. Elle pourra revenir quand elle aura réglé ses problèmes psy, mais en attendant je ne veux plus la voir.

— Tu aurais pu virer Spiderman, tant que tu y étais.

— Pourquoi tu lui en veux tant que ça ? Je te signale que, sans lui, tu serais en taule à l'heure qu'il est !

Je secoue la tête, désabusée :

— Je crois qu'on n'arrivera jamais à se mettre d'accord sur ce point.

— Écoute, Karol, si tu veux absolument culpabiliser, c'est ton problème, mais ne compte pas sur moi pour tenir le martinet dans tes petites séances de flagellation. Il y a eu un accroc, c'est regrettable mais c'est comme ça. On ne peut pas revenir en arrière. Pour ma part, je ferme la parenthèse et je continue à faire mon taf. Si ma façon de mener la barque te déplaît, je ne te retiens pas, tu peux t'en aller tout de suite…

Un silence, puis :

— Alors ?

J'inspire et bloque ma respiration, avant de concéder :

— Très bien, je reste.

Mais, au fond de moi, je ne suis toujours pas convaincue par sa vision des choses.

Luther me tape sur l'épaule du style « bien, ma fille, tu as fait le bon choix », puis il part saluer de nouvelles recrues, une bande de rastas blancs aux allures de toxicos. Leur look (dreadlocks et tatouages tape-à-l'œil) a beau être fort différent de celui des crânes rasés, ces nouveaux venus ne m'inspirent pas davantage confiance…

Je me dirige vers Momo. Au passage, je capte les conseils que Tobias dispense à une dizaine de garçons et de filles assis en tailleur devant lui :

— Pour deviner si les flics s'apprêtent à utiliser les lacrymos, observez leur tenue. S'ils portent des masques à gaz, sortez vos mouchoirs ou des foulards imbibés de citron. Normalement, ils tirent les cartouches en cloche, vers le haut. Suivez-les du regard pour anticiper où elles vont retomber. Si les fusils sont braqués à l'horizontale, alors là attention car ça signifie « tir tendu », c'est-à-dire dans le tas ! Protégez-vous le visage et écartez-vous le plus vite possible !

Absorbé par son travail, Mo ne m'aperçoit qu'au dernier moment.

— Oh, Karol ?

Il se dresse, se cogne le front sur le montant d'un haut-parleur et grimace :

— Aïe ! Tu… tu es venue finalement ?

— Ben, faut croire, puisque je suis devant toi.

Il dodeline de la tête mécaniquement, tels ces chiens en plastec à l'arrière des voitures.

— Écoute, commence-t-il, l'air piteux. Je m'excuse pour hier soir… C'était juste, enfin, une… une pulsion, sur le moment.

— Ne te bile pas ; y a des trucs plus graves dans le monde.

Je ne sais pas trop sur quel pied danser avec Mo. Qu'est-ce que j'éprouve pour lui, exactement ? De l'amitié, ça c'est sûr… De l'affection ? Oui, sans doute. Mais si mes sentiments s'arrêtent là, pourquoi suis-je de plus en plus troublée en sa présence ? Sur ce plan-là (comme sur les autres), j'ai l'impression de ne rien maîtriser. Et puis, il n'a même pas dix-sept ans !

— Tu veux m'aider ? m'interroge Mo en me montrant son entrelacement de cordons. Je ne m'en sors pas, c'est tout emmêlé là-dedans.

Et dans ma tête, donc !

— D'accord. Par où on commence ?

Jeudi

Je suis assise dans la salle d'attente du pédiatre, Zoltan sur mes genoux. Déjà quarante minutes que l'on poireaute, et il y a encore deux personnes avant nous. Histoire de passer le temps, je fredonne des musiques. Une télé 3D installée dans un angle de la pièce diffuse des clips à la chaîne.

J'agite un hochet devant mon fils, en rythme avec les chansons, mais ça ne l'amuse plus. Lui aussi commence à saturer. Il me le signifie clairement en interprétant son plus grand tube : « Je chouine donc je suis » !

— Patience, chéri, ça ne sera pas long. Le docteur va te faire juste une petite piqûre, et hop, après on rentre à la maison…

Zoltan en est à son dixième vaccin. Depuis que la température de la planète a augmenté, les virus se propagent avec une vitesse accrue. On ne compte plus les gastros, les grippes, les angines mutantes, etc.

Je pose Zoltan sur la moquette. Il marche à quatre pattes jusqu'à un autre gamin dont le nez dégouline de mucus verdâtre. Les deux bébés se disputent une girafe qui fait pouet. Je suis prête à bondir, mais les choses s'arrangent d'elles-mêmes : mon fils a aperçu une peluche Tigrou et laisse tout tomber pour aller la ramasser. Je me rassieds. Mon attention se porte de nouveau sur le bloc 3D. C'est l'heure des infos. Musique de circonstance et jingle tourbillonnant. Tiens, les anti-Apollon font encore parler d'eux.

« Des militants du groupe Citizens Freaks ont bloqué l'entrée d'un temple du Corps, le Montparnasse-Shéhérazade, ce matin, peu avant l'ouverture de l'établissement. Des images de... »

Je me rapproche de la télé. Une vingtaine de Freaks forment une chaîne sur le trottoir. Ils se serrent les coudes, au propre comme au figuré, bras dessus bras dessous, alors que les forces de l'ordre les somment de dégager. Un policier saisit une jeune fille assise. Ses camarades font un tas pour empêcher qu'elle ne soit emmenée : c'est la technique du « tas de chatons » ! Tobias nous l'a enseignée. L'image suivante montre le trottoir envahi par les hommes en bleu, matraque au poing. La voix *off* raconte que *« la situation est rentrée dans l'ordre en moins de dix minutes »*.

Je me retourne car Zoltan vient d'éclater en sanglots. Un gosse plus grand que lui essaie de lui piquer Tigrou. La maman du voleur, plongée dans la lecture d'un magazine féminin, n'intervient pas. Je me lève, puis me ravise au dernier moment. Après tout, la vie est une jungle. Il faudra bien que Zoltan apprenne à se défendre un jour ou l'autre. La suite me donne raison. Mon fils récupère la peluche en proposant un troc astucieux à son adversaire : un ballon contre Tigrou.

Un papa et sa petite fille sortent du cabinet. Le pédiatre appelle le patient suivant.

Nouveau coup d'œil vers la télé. Des pompiers sont en train de repêcher un corps en piteux état qui flotte près des quais de la Seine. Je dis « piteux état », car le fleuve est tellement pollué qu'un séjour prolongé dans ses eaux vous dissout les chairs avec autant de virulence qu'un acide ! Soudain, mon cœur donne un coup de boutoir contre ma cage thoracique. La photo de Fanny est apparue en médaillon !

« … identifiée grâce aux expertises ADN. Il s'agit de Fanny Artaud, une étudiante de vingt et un ans. »

Un fonctionnaire de police aux tempes grisonnantes répond à un micro :

« Nous pensons qu'il s'agit d'un suicide, mais il est difficile de se prononcer formellement. Le corps est très endommagé. On va faire des expertises complémentaires… »

Je suis saisie par un vertige. Les êtres et les choses autour de moi se noient dans le brouillard. Me tournant vers la maman qui lit un magazine, je demande d'une voix sans timbre :

— Vous pouvez surveiller mon fils une seconde ?

— Oui, bien sûr…

Je vais m'isoler dans les toilettes. Fébrile, je sors

mon persoc, compose le numéro de Momo. Merde, ça ne répond pas. J'essaie Luther...

—*Allô ?*

—C'est Karol. Tu as vu les infos ?

—*Ouais.*

—Tu es au courant pour Fanny ?

—*Ouais.*

—C'est tout ce que ça t'inspire !

Un grognement à l'autre bout de la ligne, puis :

—*Qu'est-ce que j'y peux, moi ? Elle avait des problèmes, cette nana, c'est évident.*

Énervée par son attitude, je raille :

—OK, je vois que tu es bouleversé, salut.

J'éteins mon persoc. Quel enfoiré ! Il aurait au moins pu faire semblant.

Désemparée, je me laisse choir sur la cuvette des WC. Je repense à Fanny, à l'après-midi passé ensemble, chez Tobias. Je n'arrive pas à croire qu'elle soit morte. Qu'est-ce qui l'a poussée à mettre fin à ses jours ? L'image que lui renvoyait son miroir, ou le meurtre du vigile ? Sans doute les deux. Après tout, les choses ont mal tourné à cause d'elle, c'est pas faux...

—OUUUUINNN ! piaille subitement Zoltan.

Je sors des toilettes. La maman lectrice a lâché le journal et attrapé son fiston.

—Je t'ai déjà dit que je ne veux pas de ça, hein, Maxime ? gronde-t-elle en mimant la fessée de sa main.

Mon regard descend vers Zoltan. Il a été mordu au poignet, jusqu'au sang me semble-t-il ! Je le prends dans mes bras et songe : *Au moins, on ne sera pas venus chez le pédiatre pour rien...*

Sur le chemin du retour, j'ai acheté quelques courses, une « tototte » neuve (Zoltan en perd en moyenne une tous les trois jours) et un bouquet de fleurs pour Mme Voisin. Ce n'est pas grand-chose, mais ça faisait longtemps que je voulais lui offrir un petit cadeau.

—Tiens, bébé, tu vas donner ça à la gentille dame, d'accord ?

Je lui mets le bouquet dans les bras. Il essaye de manger les fleurs.

—Non, non, je sais que tu as faim, mais c'est pas « miam-miam » !

Je récupère le cadeau et sonne à la porte de ma chère voisine. Pas de réponse. J'essaye de nouveau. Toujours rien. Pourtant, j'entends la télé en sourdine. Pourquoi serait-elle sortie en laissant le poste allumé ? Un mauvais pressentiment se glisse en moi, pareil à une mélasse froide. J'insiste. Troisième sonnerie. Quatrième. Je tourne la poignée de cuivre, sans succès... J'essaie de me raisonner *(Tu paniques pour un rien parce que tu es stressée, ma fille ! Tu vois tout en noir !)* mais j'ai quand même la trouille. Inutile de se jouer la comédie.

Je pose Zoltan sur le plancher. Je suis prête à donner un coup d'épaule quand, brusquement, je me rappelle que j'ai un double de ses clés chez moi. « Prenez-les juste au cas où... », m'avait dit la vieille dame il y a plusieurs mois de cela.

Allez hop, je colle mon fils dans son parc et le sac de commissions dans la cuisine, puis me précipite sur le palier, le trousseau à la main.

—Madame Voisin ? je lance en trifouillant la serrure. C'est moi, c'est Karol !

Enfin, la porte s'ouvre. J'entre dans le couloir. Mon pied butte sur une pelote de laine dévidée qui a roulé jusque-là. Le cœur battant plus vite que la normale, je remonte cet improbable fil d'Ariane. Le son de la télé se précise. C'est un jeu ; l'une de ces émissions crétines qui encombrent les ondes depuis des dizaines d'années. Le public docile applaudit à chaque réponse des candidats, émet des « oh » de déception ou des « ah » de ravissement selon le verdict de l'animateur. Je passe la tête à l'intérieur du salon. Mme Voisin est assise dans son fauteuil favori, la nuque calée contre un petit napperon, les bras inertes. Elle a lâché ses longues aiguilles à tricoter et fermé les yeux.

Par pitié, faites qu'elle soit juste assoupie...

Je prends son pouls. Il n'y en a pas.

—Madame Voisin, je gémis en lui caressant les cheveux.

Elle ne terminera jamais le gilet bigarré qu'elle venait de commencer.

Je me mets à pleurer.

À la télé, le présentateur questionne : « *Qui a déclaré : "En ce bas monde, nul ne peut être sûr de rien, en dehors de la mort et des impôts" ?* »

13
La bonne étoile

Le jour de l'enterrement, le ciel n'est pas morne et pluvieux, comme le veut la tradition. Au contraire, il fait un temps superbe. Le soleil projette nos ombres noires, bien dessinées, sur la pelouse du cimetière. Le personnel des pompes funèbres mis à part, nous ne sommes que trois : moi, Momo (il a tenu à m'accompagner) et un homme chauve, d'une soixantaine d'années, la bouche en cul de poule, une paire d'yeux minuscules enfoncés dans son visage osseux. Un notaire, d'après ce que j'ai cru comprendre. Mme Voisin n'avait pas de famille, et pas beaucoup d'amis non plus, si l'on en juge par l'affluence.

J'essaie de contrôler ma tristesse. Ma poitrine est broyée par un étau invisible.

Il n'y a pas eu d'office religieux. À ma connaissance, la vieille dame n'était pas croyante (elle ne priait que sa fameuse « bonne étoile » !)…

C'est le moment de la mise en terre. Le cercueil descend lentement. Mes larmes, elles, montent pour déborder de mes yeux. Mo me serre la main. Je jette une poignée de fleurs dans le trou avant qu'il ne soit recouvert par une dalle en ciment.

Adieu madame Voisin...

Encore quelques instants de recueillement et c'est fini. La cérémonie a été vite expédiée.

—On a un autre « client » à quinze heures, nous explique le croque-mort, sans beaucoup de tact. Allez, m'sieurs-dames, bonne journée !

Je sèche mes pleurs.

—Viens, rentrons, me dit Mo. Zoltan t'attend.

Cet après-midi, c'est sa maman qui s'occupe de mon fils, mais comme elle a un travail elle ne pourra pas me rendre ce service tous les jours... Comment vais-je me débrouiller maintenant que Mme Voisin n'est plus là ?

L'angoisse s'additionne au chagrin.

Cette fois, je me vois bien faire mes bagages et revenir, la queue basse, chez papa-maman...

Nous sommes sur le point de sortir du cimetière lorsque le monsieur chauve nous aborde :

—Mademoiselle Spengler ?

—Oui, c'est moi.

—Je suis maître Manson, l'exécuteur testamentaire de Mme Voisin. Vous êtes au courant, bien sûr, pour l'appartement...

Je plisse le front :

—Non...

—Ma cliente vous lègue son logement. C'est notifié dans le testament. Tout est en règle.

Mon cerveau met quelques secondes à décoder l'information. Mo me regarde. Je regarde Mo. Il a l'air aussi surpris que moi.

—Quand pouvez-vous passer à mon office pour signer les papiers ? reprend le notaire.

—Ben, ma foi, heu… quand vous voulez !

Le lendemain, je transfère mes affaires chez Mme Voisin, enfin je veux dire chez moi (j'ai du mal à m'y habituer).

Oh, ce n'est pas le déménagement du siècle : les vêtements et les accessoires de bébé mis à part, toutes mes richesses tiennent dans une valise et deux cartons.

—Regarde, chéri, c'est chez nous, maintenant, ici.

Je promène Zoltan dans l'appartement. Bon, d'accord, la déco date un peu : tapis lourds et poussiéreux (comme les rideaux, d'ailleurs), tableaux ornés de fausses dorures (le cadre qui entoure cette reproduction de *La Nuit étoilée,* de Van Gogh, est particulièrement rococo), sans parler du kitchissime lampadaire rouge avec son abat-jour à glands… Mais bon Dieu, quel soulagement ! *Home sweet home !* Terminé les relances du proprio en forme d'injonction : « Mademoiselle Spengler, vous avez encore deux semaines de retard ! Veuillez me régler la somme convenue au plus vite ! » Et puis, nous allons pouvoir dormir chacun dans notre chambre, bébé et moi. Et nous laver dans une vraie salle de bains ! Je n'avais pas connu ça depuis des années !

Je sautille, mon fils dans les bras, moitié riant,

moitié pleurant, et j'adresse à la vieille dame décédée une muette prière de remerciements.

Les jours suivants, c'est le grand chambardement : je sors pinceaux, rouleaux et pots de peinture, et au boulot !

Mo, toujours serviable, est venu me prêter main-forte. Il décolle du mur les dizaines d'arlequins et de hiboux imprimés sur du papier défraîchi pendant que je rebouche quelques trous avec de l'enduit. Zoltan nous regarde, l'air envieux. Il s'imagine sans doute que nous sommes en train de nous amuser. Il aimerait bien se joindre à nous, mais les barreaux de son parc l'en empêchent. Il pleure, inconsolable, jusqu'à ce que Mo lui confie son porte-clés en forme de fusée, merveille des merveilles. Zoltan adore Mo, et je crois que la réciproque est vraie. J'observe mon gros ami à la dérobée pendant qu'il s'acharne sur un papier peint rétif. J'ai l'impression qu'il a changé, ces derniers temps. Ou alors est-ce ma façon de le regarder qui a évolué ? Je trouve qu'il a gagné en maturité.

Le soir venu, éreintés, nous commandons un repas chinois, qu'un livreur nous apporte en moins de vingt minutes.

— M'ouais, pas terrible, grimace Mo, fin connaisseur, dès la première bouchée.

Il a raison. C'est nettement moins bon que la tambouille de sa maman. Cependant, nous sommes si affamés que le riz cantonnais et les nems sont engloutis en trois coups de baguettes.

— Tu reviens m'aider, demain ? je demande en jetant les emballages vides à la poubelle.

— C'est la grande manif, demain, t'as oublié ?

— Ah merde, c'est vrai !

Il nous reste encore tout le papier peint du salon à décoller. Bah, mon chantier attendra bien un jour de plus. Je questionne :

— Tu crois que ta mère pourrait garder Zoltan une partie de l'après-midi ?

— Ouais, on va s'arranger. Au besoin, ma frangine la secondera : elle adore pouponner.

— Super.

Momo se lève et s'étire.

— Je suis naze. Faut que j'y aille.

On marche jusqu'à la porte. Petit bisou, standard cette fois.

— T'es un mec bien, Mo. On te l'a déjà dit ?

— Un mec bien ? Ben… je préférerais « un mec craquant », ou encore « un mec irrésistible »… mais « un mec bien », ça ira. C'est cool.

— On peut compter sur toi, et ça, j'apprécie.

Mes mots flottent, suspendus dans l'air. Momo me sourit :

— Moi, je compte sur toi pour la manif !

— OK, je passerai aux *55 Jours de Pékin* vers onze heures, avec Zoltan.

— Super. À demain.

Je referme la porte.

Bain moussant ! crie une voix dans ma tête.

J'en ai rêvé toute la journée.

Je fais couler l'eau chaude en dégustant un verre de vin, puis je me déshabille et me glisse avec volupté dans la marre de bulles parfumées. Je me détends en fixant le plafond. J'ai l'impression que mon esprit se vide, et cette sensation m'arrache des grognements de bien-être.

On dirait que la chance tourne… Bon, d'accord, j'ai encore des soucis financiers, mais avec le loyer en moins, ça va déjà mieux… Comme le répétait Mme Voisin, il ne me reste plus qu'à prier ma bonne étoi…

Je me redresse, le cœur bondissant.

Bonne étoile !

Une idée stupide, une idée complètement folle, vient de m'apparaître aussi soudainement que la lumière fait irruption dans une pièce quand on presse l'interrupteur.

Je dois en avoir le cœur net !

Je sors de la baignoire et noue une serviette sous mes aisselles sans prendre le temps de m'essuyer. En quelques enjambées, je suis dans le salon, figée devant *La Nuit étoilée,* de Van Gogh : le cyprès au premier plan, qui évoque des flammes noires et torturées, le village, au fond… et cet incroyable ciel de tempête, troué de lumignons jaune orangé.

Se pourrait-il que…

Mes mains s'avancent doucement vers le cadre doré. J'enlève le tableau, la gorge sèche… et découvre une découpe, un carré nettement délimité à la surface du papier peint.

J'ai le cœur qui bat si fort qu'il cogne jusque dans mes oreilles. Je retire le petit panneau avec d'infinies précautions, comme si je manipulais un vase étrusque rarissime.

—Incroyable, je murmure, estomaquée par le contenu de cette cache secrète.

Je suis riche !

14
La manif

Midi

— Quoi ?! hoquette Mo. Ta gentille mamie avait planqué un magot dans son mur ?

— Moins fort, s'il te plaît. J'ai pas envie de le crier sur tous les toits.

— Excuse-moi.

Nous émergeons de la station Denfert-Rochereau. La place du lion est noire de monde. Des flics en tenue antiguérilla sont disséminés sur son pourtour. Ils ne bougent pas. Pour l'instant.

— Tu sais pour combien il y en a ? questionne Mo, un ton plus bas.

— Un million en liasses de cent euros…

— Hein, tant que ça ? Si elle avait tout ce fric, pourquoi elle a pas déménagé, Mme Voisin ? Pourquoi elle a pas acheté un truc plus grand ?

— Je ne sais pas. Elle a vécu toute sa vie dans cet immeuble. Je suppose qu'elle ne voulait pas abandonner derrière elle ses souvenirs, son passé… Regarde ce qu'elle avait glissé entre deux billets.

Je lui montre un papier noirci par une écriture type pattes de mouches.

> Ma chère Karol,
> Si vous lisez ceci, c'est que je ne suis plus de ce monde. Laissez-moi deviner : un infarctus, c'est ça, hein ? Cela ne serait guère étonnant. Je n'en suis pas à ma première alerte. Enfin, bref, peu importe… Je vous souhaite tout le bonheur possible, à vous ainsi qu'à votre petit garçon. J'espère que ce cadeau vous aidera à prendre un bon départ dans la vie. Je vous embrasse bien fort, en vous remerciant d'avoir apporté un peu de joie à une vieille dame sur la fin de ses jours. Prenez soin de vous.
> PS : Autant éviter les frais de succession et autres tracasseries administratives. L'État est un voleur, c'est bien connu, n'est-ce pas ?

— C'est… c'est génial, bredouille Momo, les yeux embués. Je suis tellement content pour toi.

Je lui souris et, comme si une barrière invisible venait de se dissoudre entre nous, ma bouche se rapproche de la sienne. Nos lèvres se scellent dans un baiser maladroit !

— Eh, les amoureux, on n'est pas là pour faire crac-crac ! On a du pain sur la planche !

Nous reconnaissons la voix enjouée de Tobias. Noyé dans la masse humaine, il est en train de jouer des coudes pour nous rejoindre. Luther l'accompagne et fait grise mine. Visiblement, il n'apprécie guère le spectacle « torride » que nous venons d'offrir.

— Salut, dit-il sans desserrer les dents. Je ne savais pas que vous étiez ensemble, tous les deux.

— Ben, on ne le savait pas nous-mêmes il y a encore une minute, répond Mo en soutenant le regard charbonneux de notre chef.

— Je vois. C'est tout frais, alors ?

— Ouais.

Il y a de l'électricité dans l'air. Et pas seulement à cause de la manif qui se prépare.

— Eh, matez un peu ça ! lance Tobias, comme s'il voulait faire retomber la tension.

Il déplie une banderole « Dynamitons la prison du corps ! » pour la confection de laquelle, selon ses dires, il lui a fallu une bonne partie de la nuit.

— Très joli, je commente.

Des coups de sifflet fusent de partout. Les différents groupuscules essaient de rassembler leurs membres. On crie des consignes au mégaphone ; on agite des drapeaux en signe de ralliement. Je découvre des organisations dont j'ignorais jusqu'ici l'existence : Profils perdus, Apollon XIII ou encore les Guerriers du Miroir… Tant bien que mal, Tobias, Luther, Momo et moi allons prendre rang en tête de cortège, où le gros de nos effectifs nous attend déjà. Bien sûr, aucune de nos pancartes n'est signée Héphaïstos. Depuis la bavure de la clinique, notre mouvement est plus clandestin que jamais. J'embrasse Tanya et quelques autres. Notre service d'ordre (rastas, tatoués et autres crânes rasés) semble piaffer d'impatience. Luther s'entretient avec Spiderman pendant que Mo grimpe sur le char de la sono. Ce sera lui notre disc-jockey. L'ambiance est festive, pour ne pas dire débridée. On entend pêle-mêle maracas, tambourins, crécelles, casseroles, gongs et klaxons à poire. Les vendeurs de hot-dogs ou de merguez achèvent de conférer à l'ensemble une touche très kermesse.

— On s'accroche ! nous crie Luther.

Nous nous donnons la main pour former des lignes.

Les cornes de brume font vibrer l'air, explosent en bouquets sonores à vous coaguler le sang.

— On y va.

Le magma de têtes, de bras et de jambes se met en branle. C'est impressionnant, toutes ces semelles qui martèlent le bitume en même temps. Je ne sais pas combien nous sommes au total. Luther a laissé échapper le chiffre de trente mille, mais cela me paraît beaucoup. En tout cas, je me sens forte, gonflée à bloc par le sentiment d'unité qui nous cimente.

— Apollon, si tu savais, ton échelle, ton écheeeeeeleu ! Apollon, si tu savais, ton échelle où on s'la met ! scandent en chœur des centaines de voix.

Mo nous balance de la musique à fond : le tempo de la boîte à rythmes se propage dans nos corps en trépidations viscérales. Le sol vibre. On rit, on chante pour couvrir la cacophonie beuglante des différentes sonos qui se font concurrence. Les stries multicolores des feux d'artifice jaillissent de la foule avant d'éclater en l'air. On ne compte plus les détonations sèches, isolées ou en rafales, fusées ou simples pétards.

— Au cul, au cul, aucune hésitation : non, non, non, à ce classement bidon !

La longue procession s'étire à mesure que l'on remonte le boulevard Raspail. Les flics nous encadrent. Ils nous escortent sans chercher à se dissimuler, mais leur présence demeure discrète.

— Tous ensemble, tous ensemble ! Woooo ! Woooo !

— Apollon, t'es foutu ! Le peuple est dans la rue !

Je regarde les pancartes : « Allô l'État, bobo : comment tu m'as fait chuis pas beau ! » ; « Qu'est-ce qu'elle a ma gueule ? » ; « À bas les privilèges de la beauté »...

En milieu d'après-midi, la tête de la manifestation approche de son objectif, les Invalides, pour procéder à un lâcher de ballons géant. Les responsables des bouteilles d'hélium s'amusent à en respirer une goulée ; ils parlent alors avec une voix suraiguë de dessin animé pendant quelques secondes. J'essaye le truc à mon tour. C'est trop drôle.

— Au cul, au cul, aucune hésitation ! Ha, ha, ha !

Vus d'hélicoptère, nous ressemblons sans doute à un long fleuve noir canalisé par le boulevard Saint-Germain. En bout de course, nos flots ininterrompus se déversent sur la grande esplanade des bords de Seine.

On continue à crier et à chanter, mais les musiques se calment.

Un régiment entier de CRS, des flics caparaçonnés comme des hommes-machines, nous fait face. Derrière cette barrière infranchissable, le secrétariat d'État à la Beauté. Des véhicules antiémeute sont disposés à la jonction de plusieurs petites rues perpendiculaires. J'aperçois leur espèce de radar parabolique qui tourne en cliquetant. Les CRS nous toisent, silencieux et austères. Le soleil se reflète en flashs sur leurs armures de guerriers des temps modernes. Ils ont de quoi impressionner et, parmi nous, nombreux sont ceux qui sentent leur estomac se tordre d'appréhension. Nous piétinons quelques minutes sur place. La colère de la foule se transforme peu à peu en une rumeur hostile. Les coups de klaxon, les quolibets se font plus timides.

Luther s'avance à la tête d'une délégation composée des principaux leaders anti-Apollon. Ils discutent plusieurs minutes avec quelqu'un qui semble être un haut gradé, puis ils reviennent vers nous, l'air grave. La femme qui avait participé au débat télévisé escalade le char de Momo et s'empare du micro. Bruit strident du larsen. Elle éloigne le micro de sa bouche et crie :

—Le secrétaire d'État refuse de nous recevoir ! Voilà comment on traite nos revendications !

Hurlements ! Poings brandis ! Sifflets !

Pendant ce temps, Luther a glissé quelques consignes aux durs à cuire de son service d'ordre.

Qu'est-ce qu'il mijote ?

Soudain, le chef des rastas, Spiderman et trois autres crânes rasés se détachent de nos rangs pour courir vers les flics. Arrivés à mi-chemin entre la foule et les robocops, ils lancent ce qui ressemble à des cocktails Molotov. Les projectiles enflammés décrivent une ellipse élégante avant d'exploser au milieu des CRS, dont la réaction ne se fait pas attendre.

Une première salve éclate. Les grenades montent vers le ciel.

— Lacrymo ! braille quelqu'un.

J'ai amené un foulard imbibé de jus de citron, conformément aux recommandations de Tobias. Je me le noue derrière la tête. Certains manifestants ont carrément prévu des masques à gaz, qu'ils enfilent en quatrième vitesse.

— Restez en bloc ! hurle Luther. Pas de panique !

Des champignons de fumée commencent à éclore un peu partout. Flottement dans la foule. On ne sait pas quoi faire, ni où aller. On tousse. Des effluves piquants nous font pleurer. Quelqu'un beugle dans un mégaphone :

— S'ils chargent, ne restez pas isolés ! Ne vous réfugiez pas dans une porte cochère ! Formez des chaînes ! Si vous tombez et qu'on vous frappe, mettez-vous en position fœtale !

La peur se répand dans nos rangs comme une tache d'encre sur du papier buvard. Entre deux larmes, je distingue les lance-grenades de l'armée qui se braquent à l'horizontale, droit sur nous.

Tir tendu !

Je me tourne de profil, recroquevillée, en protégeant mon visage tant bien que mal.

SHBAM — SHBAM — SHBAM

Un garçon debout à côté moi décolle du sol, comme s'il venait d'être heurté par une locomotive. La grenade qui l'a touché au ventre rebondit par terre, pratiquement sous mon nez. Une jeune fille ramasse le projectile en criant :

— Salauds !

Elle va renvoyer le joujou à son expéditeur quand, tout à coup, sa main droite disparaît dans un nuage de fumée sanglante. L'explosion me jette sur l'asphalte, la tête bourdonnante, les tympans sifflants ! Sonnée, j'aperçois la fille qui tombe à genoux. Je n'entends pas ce qu'elle crie (je n'entends plus rien du tout), mais je vois sa bouche s'étirer en un hurlement.

Des bras me soulèvent. C'est Tobias. Il me dit quelque chose. Je ne capte que des bribes de ses paroles :

— … tion… este pas ici… vont… ger…

Le sifflement s'atténue, mais les sons qui me parviennent demeurent amortis. J'oscille comme un métronome et dois m'adosser contre la voiture-sono pour tenir debout.

— Allez, venez vous battre, bande d'enfoirés ! On vous attend ! braille dans son mégaphone un Luther déchaîné, perché juste au-dessus de moi.

Le punk, son fidèle lieutenant, court au-devant des forces de l'ordre tout en baissant son pantalon. Il se retourne ensuite, hilare, montre ses fesses à l'ennemi et vocifère des insultes.

C'est l'affront de trop. Un frisson parcourt l'avant-garde des flics. Leurs lignes se désagrègent en une vague effrayante, un tsunami humain ! Les CRS chargent. Ils hurlent, le bouclier à hauteur du menton, la matraque dégainée. Le sol tremble et, cette fois, ce séisme artificiel n'a rien à voir avec les rythmiques endiablées de la musique techno. Rastas et crânes rasés sortent les battes de base-ball qu'ils avaient planquées jusqu'ici dans des sacs ou sous de gros blousons rembourrés. Le choc promet d'être terrible. On dirait deux armées du Moyen Âge parées à s'affronter dans une sauvage mêlée.

Je me raidis, retiens mon souffle. Quand on bloque sa respiration, le temps semble ralentir. La distance entre assaillants et manifestants n'en finit plus de se réduire ; ça dure, ça dure…

Et… VLAN, la chair et le métal se rencontrent dans un fracas d'enfer !

La scène est noyée dans des volutes de fumée tourbillonnante mais, de temps en temps, je distingue des « instantanés », des crêtes de violence qui émergent du brouillard : une grosse dame s'effondre, du sang giclant de son cuir chevelu ; un crâne rasé étoile la visière d'un CRS d'un coup de barre de fer et lui broie le nez par la même occasion ; une jeune fille inanimée est évacuée (Dieu va savoir pourquoi, cette vision m'évoque les images d'archive d'un concert des Beatles !) ; un vieux monsieur, qui a eu un morceau d'oreille arraché, cherche ses lunettes à quatre pattes dans une forêt de pieds ; plus loin, trois robocops s'acharnent sur un manifestant à terre… Je crois reconnaître Tobias !

Je vais aller l'aider quand un CRS se matérialise devant moi. J'évite sa matraque de justesse, mais glisse au sol dans le même mouvement. L'arme va s'abattre et, cette fois, je ne peux rien faire pour l'esquiver. PAF ! Une masse de muscles et de graisse percute le flic, qui tombe sur les fesses.

Momo !

Il me relève. Deux autres CRS nous foncent dessus. Mo braque sur eux une espèce de flingue bizarroïde. SHPOMP ! Les deux gars sont catapultés en arrière. Merde, un étourdisseur ! C'est un gadget des flics, ça ! Il a dû le ramasser au plus fort de la confusion.

— Tirons-nous ! aboie Mo en secouant l'appareil biscornu. J'ai l'impression que la batterie de ce truc est vidée.

La frénésie des combats a atteint son point culminant. J'aperçois Luther, qui paraît totalement dans son élément, heureux au cœur du chaos. Armé d'une batte de base-ball, il fait le vide autour de lui en balançant son gourdin dans tous les sens. Incroyable ! Il est partout à la fois, exhortant ses fidèles, parant les attaques, aboyant des insultes ! Les CRS reculent devant cet enragé, mais sa petite victoire personnelle est bel et bien l'exception qui confirme la règle : partout ailleurs, la bataille dégénère en un véritable jeu de massacre. Les manifestants essuient une avalanche de coups. Ils sont renversés, culbutés par un tourbillon de matraques. C'est la débandade.

Suivant ce qui semble être le mouvement général, Momo et moi refluons vers les quais. Et nous voilà, courant sur le pont Alexandre-III, noyés dans une foule qui ressemble à une meute de réfugiés terrorisés.

Je trébuche encore une fois, m'agrippe au parapet pour me remettre debout. Un spasme nauséeux me secoue. J'ai un hoquet et me penche au-dessus du vide pour vomir. Quelqu'un me pousse, certainement sans le faire exprès. Je bascule en criant :

— AAAAHHHHH !

Plouf ! Je sors la tête de l'eau, patauge lamentablement. Un gros geyser explose à côté de moi. C'est Mo qui, n'écoutant que son courage, vient de sauter ! Ensemble, nous cherchons un endroit où retrouver la terre ferme.

— Accroche-toi à moi, Karol !

Il m'aide à nager vers un petit escalier taillé dans la pierre. Une écume mousseuse, nauséabonde, s'attaque à nos vêtements en faisant pshhhhh. La peau me brûle. Saleté de pollution ! Mes doigts se referment sur une première marche. Mo me hisse par les aisselles. Nous nous soutenons mutuellement comme deux ivrognes au petit matin.

— Là, jette Momo.

Il a repéré des cartons, sous le tablier du pont. Je fais oui de la tête. De toute façon, je suis trop HS pour aller plus loin.

Nous décidons de nous planquer là en attendant que les choses se calment.

15
Debriefing à haut risque

20:15

La nuit est tombée sur Paris depuis plus de deux heures. Nous descendons l'avenue d'Italie, silhouettes titubantes éclairées par la lumière pisseuse des réverbères. Une rue à droite, puis à gauche, et voici la devanture rouge des *55 Jours de Pékin*. Nous ne sommes pas très beaux à voir ; inutile d'affoler la clientèle, nous nous glissons discrètement par-derrière.

Toc toc toc !

C'est la maman de Mo qui nous ouvre, les yeux rougis, le pas hâtif :

— J'étais tellement inquiète ! Tellement inquiète !

— Fallait pas, m'man, la rassure son grand garçon. Tu vois, on est là.

Elle nous fait entrer dans le vestibule et étouffe un cri en découvrant notre teint rose vif, qui n'est pas sans rappeler la couleur d'un homard extirpé de l'eau bouillante.

— C'est rien, m'man. On a la peau juste un peu irritée… On a dû plonger dans la Seine.

Quelques cloques, des rougeurs eczémateuses… Quand on songe qu'on aurait pu y rester, je trouve que nous nous en tirons à bon compte. Je prends vite une douche. L'alternance de jets froids et chauds calme mes démangeaisons ; ma pigmentation a retrouvé une apparence quasi normale. Demain, il n'y paraîtra plus. Débarrassée de l'infâme pellicule de pollution, je peux enfin serrer Zoltan dans mes bras. Maïewin, la petite sœur de Mo, m'assure que tout va bien : bébé a été sage et s'est bien amusé. Pendant que Mo se lave, sa maman me raconte à quel point elle était folle d'angoisse. Elle a suivi les infos toute la journée, persuadée de nous apercevoir à chaque fois que la télé montrait des corps sans vie. Car, oui, il y a eu des morts ! Les chiffres définitifs ne sont pas encore arrêtés, mais les autorités ont annoncé trois décès et plus de trois cents blessés chez les manifestants. La police déplore trente-sept blessés parmi les siens, dont deux graves.

— Toute cette violence, soupire la brave femme.

Dire que ce sont les excités de notre propre groupe qui ont ouvert les hostilités ! J'ai honte. D'un autre côté, la réplique des flics était disproportionnée. Je me demande lequel des deux camps est le plus à blâmer. Au cinéma, il y a les gentils d'un côté et les méchants de l'autre, mais dans la vie… Mon regard se pose sur mon fils, tout souriant, qui se blottit contre moi. Je ne voulais pas le voir grandir dans un monde d'injustices. Un monde de guerre civile, de feu et de sang ne m'emballe pas davantage.

Qu'avons-nous fait ? Est-il encore temps de stopper l'engrenage ?

Confusément, je sens que c'est maintenant ou jamais. Une réunion était prévue ce soir pour dresser le bilan de la manif. Pffff, super, le bilan ! Quelqu'un doit tirer la sonnette d'alarme. On ne peut pas continuer sur cette pente-là.

Lorsque je prends Mo à l'écart pour lui confier mes intentions, il me rétorque :

— Tu crois que Luther va apprécier ? Je suis sûr que Spiderman et sa clique ont agi avec son assentiment, peut-être même sur son ordre…

— J'emmerde Luther. Aujourd'hui, il y a eu trois morts. Combien, la prochaine fois ? Il faut l'arrêter.

— Un putsch ?

— Je ne sais pas… Laisse-moi réfléchir quelques minutes…

Luther possède sa propre garde rapprochée, et ils sont dangereux, ces olibrius. Mieux vaut éviter de les attaquer de front. Comment faire ?

Luther voulait ouvrir les yeux de l'opinion publique ; moi, je veux ouvrir les yeux de nos camarades. Sous ses airs d'ange blond, ce mec est un psychopathe en puissance ! Puéril, inconscient, autoritaire : voilà son vrai visage. Ce salopard nous a roulés dans la farine, et de maîtresse façon ! Il recherche le danger, la montée d'adrénaline… Il s'en tape de risquer la vie des gens.

Allez, fais travailler tes neurones, ma vieille. Il doit bien y avoir une solution !

Soudain, mes yeux s'illuminent :

— Je crois que j'ai une idée ! Je vais avoir besoin de toi, Mo, et de ton matos. Ce soir.

— Hééé, tu veux pas qu'on fasse un *break* ? Qu'est-ce que tu as derrière la tête ?

Je pose ma main sur la sienne et lui adresse un regard incertain, mais le ton de ma voix est ferme et décidé :

— C'est risqué mais ça peut marcher. Seulement, il faut que tu me laisses faire. Tu ne dois pas intervenir.

— Tu me fiches la trouille, Karol.

Il passe un bras derrière mes épaules et me serre contre lui. Du bout des lèvres, il m'effleure les cheveux :

— Je ne veux pas qu'il t'arrive quelque chose, confesse-t-il. Je tiens trop à toi.

J'ai un frisson. Mo me libère et dépose un baiser sur le bout de mon nez. Je tente un sourire tremblant :

— T'inquiète. Je sais me défendre !

Nous nous embrassons, avec douceur d'abord, puis avec une urgence terrible.

Il est presque vingt-deux heures quand Mo appuie son booster sur la devanture métallique du quartier général. Le dernier étage de notre repaire est déjà plein à craquer. À vue de nez, une centaine de personnes sont venues au rendez-vous. Pansements, yeux pochés, pommettes tuméfiées, bras en écharpe… Un bon tiers des présents portent des marques de la mêlée sanglante de cet après-midi. À l'autre bout de la salle,

Luther est monté sur un meuble de bureau pour s'adresser à l'assistance. Il arbore un bandeau sur l'œil gauche, ce qui lui donne des faux airs de pirate. Les projecteurs alimentés par le générateur font ruisseler une douche de lumière crue sur ses épaules. Ses séides habituels se tiennent à ses côtés : le punk est soutenu par une paire de béquilles ; Spiderman paraît avoir fait un séjour dans les entrailles d'une moissonneuse-batteuse. Presque tous les membres du fameux « service d'ordre » sont amochés.

Ce n'est que justice. Eux, ils l'ont bien cherché...

Les visages expriment une tristesse mélangée de colère. Je vois Tanya qui pleure, avec quelques autres militants de la première heure. Personne ne parle. On renifle ici et là. Coup de trompette dans un mouchoir... J'ai la désagréable impression que nous sommes tombés en plein milieu d'une minute de silence funèbre. Mo et moi échangeons un regard angoissé. Si nous avons raté le début du discours, nous comprenons néanmoins que l'heure est particulièrement grave.

— Tobias était notre ami, à nous tous, déclare Luther après un raclement de gorge laborieux.

Était ?

Ma bouche s'ouvre malgré moi, comme si mes poumons avaient cessé de fonctionner.

— Oh non, je souffle à mi-voix.

La télé n'a pas donné le nom des trois manifestants décédés. À présent, je sais qui est l'un d'eux.

— C'est Tobias, le premier, qui a eu l'idée de nous

regrouper pour entamer une lutte efficace, continue Luther. Il était toujours extrêmement positif. Sa bonne humeur légendaire, son sens de l'analyse vont nous manquer cruellement.

Luther prend une longue inspiration avant de poursuivre :

— Au moins, je me console en me disant que notre camarade est mort en se battant pour ses idéaux, les convictions chevillées au corps. Je le connaissais bien, comme un frère, aussi je crois pouvoir affirmer que c'est le genre de mort qu'il aurait souhaitée.

En orateur doué, notre chef marque une pause, comme s'il prenait le temps de méditer ses propres paroles, pour mieux reprendre ensuite :

— Il est écrit dans la Bible : « Œil pour œil, dent pour dent. » La loi du talion. Si les flics veulent la guerre, nous allons la leur donner !

Quelques hochements de tête belliqueux approuvent ces paroles. Les plus chauds brandissent le poing en braillant :

— Ouais !

— On va pas se laisser faire !

Je lève la main.

— Attendez !

De tous les coins de la pièce, on se tord le cou pour me reluquer. Grosse pression.

Je tente :

— Il y a des solutions autres que la violence !

— Va expliquer ça aux flics qui nous ont tapé dessus, lance une voix.

— Laissez-la parler, proteste une autre.

Profitant de la confusion, je me fraie un chemin jusqu'au podium de Luther. Celui-ci me lorgne d'un sale œil (le droit), cependant il ne fait rien pour m'empêcher de bondir à côté de lui. Nous voilà sur un pied d'égalité, face à nos camarades. Je mets quelques secondes à m'accoutumer à la lumière que les spots m'envoient en pleine poire puis, respirant un bon coup, j'explique :

— Si on s'engage dans la vendetta, on n'en sortira plus. Il n'y aura que des perdants au bout du compte.

Mes paroles sont accueillies par quelques sifflets et des grognements.

J'avale ma salive trois fois de suite, transpirant à grosses gouttes sous les éclairages de fortune… J'ai le trac, mais je ne me laisse pas décourager pour autant :

— Le gouvernement à l'origine de l'échelle d'Apollon a été porté au pouvoir par nous, les électeurs. Nous sommes en démocratie. Le droit doit prévaloir sur la force.

— Tu parles comme dans les livres ! se moque un crâne rasé.

— Ouais, comme ces putains de politicards ! approuve son voisin, les cheveux guère plus longs.

— Et quand les lois sont mauvaises, qu'est-ce qu'on fait ? objecte une autre personne dans la foule, sur un ton plus mesuré. On courbe l'échine ?

Je secoue la tête :

— La violence est une spirale qui ne mène nulle part.

— Encore une phrase toute faite ! persifle Luther. Tu

proposes quoi ? Que l'on continue à se faire massacrer comme des moutons, sans réagir ? Je te rappelle que c'est les flics qui ont versé le premier sang. Pas nous !

Je pourrais dire que je l'ai vu donner le feu vert à ses « chiens de guerre » juste avant le début du carnage, mais ce serait sa parole contre la mienne. Non, je dois l'amener à tomber le masque autrement.

— On peut engager un avocat, je riposte. Une grosse pointure ! Pour démontrer que l'échelle d'Apollon viole les Droits de l'homme.

— Tu veux faire un procès à l'État ? Tu rêves !

— En tout cas, ça attirera sur nous les feux des médias. Ils raffolent de ce genre de trucs ! Et un procès, cela peut durer des mois : ce qui signifie que, pendant tout ce temps, notre cause fera parler d'elle. Sans nouvelles victimes. Sans violence !

Murmures dans le public. J'ai l'impression que mon coup a porté. Les certitudes vacillent. La raison refait surface après le chagrin et un compréhensible désir de vengeance.

Mais mon adversaire n'a pas encore dit son dernier mot. Reniflant avec dédain, il contre-attaque :

— Même si ça lui fait de la pub, un ténor du barreau n'acceptera jamais de bosser gratos, pendant des mois, pour nos beaux yeux ! On le trouvera où, le fric ?

— Le fric n'est pas un problème. Je peux mettre dès demain un million d'euros à disposition du groupe.

— Hein ?

— Quoi ?

— Un million ?

Les gens n'en reviennent pas. Luther lève les mains et impose le silence, avant de s'adresser à moi d'un ton sarcastique :

— Tu as un million, toi ? Je croyais que tu pouvais à peine payer ton loyer ?

— Je… J'ai touché une sorte d'héritage. (Je me tourne vers la foule.) Deux options s'offrent à nous : un durcissement du mouvement d'un côté, une voie juridique de l'autre. Je propose que l'on vote.

Murmures positifs. Luther est coincé. À moins qu'il ne veuille passer pour un dictateur au petit pied, il va devoir jouer le jeu. La première phase de mon plan a l'air de fonctionner.

— Heu, d'accord, grommelle notre chef, déstabilisé. Nous allons procéder à un vote…

Aussitôt, on perce un trou dans une grande boîte pour la transformer en urne ; on découpe des dizaines de bulletins dans des feuilles de carton…

Je glisse à l'oreille de Luther :

— Je peux te parler un instant en privé ?

Il me regarde en plissant son unique œil visible, comme si je lui présentais un plat au fumet douteux. Après quelques secondes de suspense, il répond :

— D'accord. On va dans mon bureau.

Je le suis. Un petit signe du menton à Mo, pour lui signifier que nous entrons dans la phase deux. Mo opine, les traits tendus. Il a peur. Moi aussi. Tout va se jouer maintenant…

16
Règlement de comptes à OK Karol

Tu cherches à prouver quoi, exactement ? me balance Luther dès qu'il a claqué la porte de son local.

Bras croisés, je me plante devant la presse à découper les badges avant de déclarer :

— Je veux éviter de nouveaux morts.

— Si tu as envie de jouer les mère Térésa, tu t'es trompée d'adresse. On a un combat à mener ici, ma petite, et il y aura un prix à payer, c'est sûr !

— La guérilla ? Le terrorisme ? C'est tout ce que tu as à offrir comme perspective ?

— La vraie violence, ce n'est pas celle des armes. La vraie violence est ÉCONOMIQUE, au cas où tu ne l'aurais pas encore pigé ! C'est la violence qui s'exerce contre les plus faibles, les exclus du système. Après, on s'étonne que des bombes explosent ? C'est pourtant un retour de bâton parfaitement logique et justifié.

— Et tant pis si des innocents meurent dans le lot ! Toi qui prétends combattre l'injustice, ça ne te choque pas ?

— L'injustice ? (Il lève les yeux au plafond en gloussant.) Des milliers de personnes meurent à chaque tremblement de terre ; on n'en fait pas tout un plat ! Pourtant c'est injuste, foutrement injuste ! Mais c'est le destin, la fatalité, appelle ça comme tu voudras… Nous, au moins, quand on tue des gens, ça sert à quelque chose : nous avons un dessein, un but !

Il a terminé sa fumeuse démonstration en postillonnant, l'œil injecté de sang, les veines du cou gonflées à exploser.

C'est ça, vas-y mon joli ! Pète les plombs !

— Et le massacre des Invalides, ça servait à quoi ? je grince, les poings serrés. À créer des martyrs histoire d'échauffer les esprits ? Car c'est *toi* qui es responsable de la mort de Tobias et des autres !

Il attrape ma mâchoire entre ses doigts et ramène d'un coup sec mon visage près du sien :

— Tu commences à m'énerver, Karol, et je peux devenir très méchant quand je m'énerve. Si tu t'imagines que je vais laisser une merdeuse dans ton genre tout foutre en l'air, tu te plantes dans les grandes largeurs, ma fille !

Je lui crache à la gueule.

— Je ne suis pas ta fille. J'aurais trop honte, si c'était le cas !

Je vais pour le gifler, mais il intercepte mon poignet et, dans un geste coulé, me fait basculer par-dessus son épaule. Vlan ! Je m'éclate au sol. Il se laisse tomber sur moi, bloque mon buste avec une prise de judo, me tord le bras. Je sens sa bouche tout près de mon oreille :

—On aurait pu se payer du bon temps, tous les deux, mais il a fallu que tu choisisses l'autre gros porc !

Il resserre sa prise. Je laisse échapper un couinement. La douleur m'arracherait presque des larmes. Luther poursuit :

—On va ressortir bien gentiment d'ici, et tu vas dire à tout le monde que mes arguments t'ont convaincue, que tu laisses tomber cette ridicule histoire de procès et d'avocat, OK ?

—Pourquoi je ferais une chose pareille ?

—Parce que, sinon, je te balance dans la Seine.

—Comme Fanny, hein, c'est ça ?

—Exactement : comme Fanny. Cette débile voulait tout dire aux flics ! On s'est disputés sur un quai, un soir. Elle a glissé… J'allais pas plonger, non ?

Aiguillonnée par la rage, j'en oublie ma douleur et lui décoche un coup de genoux dans l'estomac. Il relâche la pression durant une seconde ; j'en profite pour me dégager. D'une détente, me voilà debout. Je n'ai pas le temps de me mettre en garde que Luther saute sur moi. Je le cueille d'un crochet du droit à la mâchoire :

—Ça, c'est pour Fanny !

Crochet du gauche en plein dans le nez. Crac : – 3 sur l'échelle d'Apollon !

—Ça, c'est pour Tobias !

Il essaye de s'agripper à ma chemise, qu'il déchire en poussant un hurlement de fou furieux. Me voilà en soutif.

Soudain, il se fige. Haletant, il cherche ses mots et sa

respiration : il vient de repérer l'espèce de petit tube noir scotché entre mes seins.

— C'est un micro-cravate, je lui assène en guise de coup de grâce.

— Ça veut dire que…

— Que t'es fini, trouduc !

Il regarde autour de lui, comme un noyé qui cherche une bouée, n'importe quoi.

Il fonce vers la porte, moi à sa suite.

Silence de mort quand nous débouchons dans la salle. On nous dévisage. Quelqu'un tousse nerveusement, et c'est tout.

Je vois le punk qui se tortille à terre, le bras cassé, et Spiderman, assommé, aux pieds de Momo. Ce dernier a monté la garde à l'entrée du local, comme convenu. Une fois de plus, je lui dois une fière chandelle.

Luther s'empare du diffuseur audio que Mo avait posé sur le bureau pendant notre petit entretien.

— Tout ça c'est des conneries ! il hurle. Elle… elle m'a piégé !

Les militants lui jettent à présent des regards plus incandescents que des rayons laser.

— Tu ferais mieux de te taire, et de partir, dit Momo, très calmement. Et tu peux emmener avec toi tes… tes « inconditionnels ».

Luther tremble de rage. Il reste indécis durant dix secondes, puis jette le petit haut-parleur dans la foule. Personne ne bronche.

— Bande de cons ! Vous ne me méritez pas !

Il s'en va, les yeux braqués droit devant lui, fixant un

point imaginaire situé au-delà du public qui se scinde à son approche, pareil à une motte de beurre découpée par un fil tranchant. Une vingtaine de personnes suivent ce cinglé. Ils emportent Spiderman, toujours dans les vapes, et le punk gémissant. Bon débarras.

Mo a passé sa veste sur mes épaules.

— Tu es OK ? il me murmure.

— Tout va bien.

Je me tourne vers nos camarades :

— Alors, on le fait, ce vote, ou pas ?

17
HSV

Deux jours plus tard…

Mo est en train de terminer la pose du papier peint sur les murs du salon quand je fais irruption dans la pièce, surexcitée. Il lâche colle et pinceaux pour me demander :

— Alors, raconte !

Je lui saute au cou :

— Il est d'accord ! Il marche avec nous !

— Waaah, trop puissant !

« Il », c'est Hubert de Saint-Vicent, l'un des avocats les mieux cotés de la place de Paris (vous savez, le gars qui a fait cracher un milliard à Tatol, en 2019, quand leur pétrolier *L'Incoulable* s'est échoué sur les plages du Pas-de-Calais) !

Je poursuis :

— Et tiens-toi bien, j'ai même pas eu besoin de le convaincre. Figure-toi que la beautécratie fait aussi des ravages dans sa partie. Il paraît que les avocats mignons gagnent plus de procès que les moches ;

malgré sa belle tronche, il entend bien dénoncer, entre autres, cette dérive !

— Génial !

— Attends, c'est pas fini : le plus beau de l'histoire, c'est qu'il nous défendra pour un euro symbolique !

— Yiiihaaa ! Karol, t'es la meilleure !

On s'embrasse et il me fait tournoyer entre les escabeaux, les rouleaux de papier et les pots de peinture. Zoltan nous applaudit en riant presque aux larmes.

Épilogue

Luther Kieffer a été arrêté après sa tentative de kidnapping ratée sur la personne du président de la société Loreleï. L'ex-leader du groupe Héphaïstos a été condamné à huit ans de prison ferme.

Le « procès du siècle » a duré jusqu'en 2035. L'État a été condamné à verser neuf milliards d'euros de dédommagement aux victimes de l'échelle d'Apollon. Ce verdict a entraîné une dissolution de l'Assemblée nationale, l'instauration d'élections anticipées et l'arrivée au pouvoir d'une nouvelle majorité… qui s'est empressée de supprimer le secrétariat d'État à la Beauté et l'injuste « loi du plus beau », comme l'avait surnommée maître de Saint-Vicent.

Karol a fondé sa propre société, Voyage-Voyages, en 2032 et, l'année suivante, a épousé Maurice Truong. Ils vivent à présent avec leurs deux enfants, Zoltan et Chang, dans la vallée de Chevreuse.

Postface
La dictature de la beauté est-elle déjà parmi nous ?

Tout d'abord, j'aimerais citer les deux ouvrages qui m'ont aidé à réaliser cette histoire :

— *Guérilla kit*, de Morjane Baba (éditions La Découverte, 2003), pour tout ce qui concerne les « ruses et techniques des nouvelles luttes anticapitalistes ».

– *Le Poids des apparences*, de Jean-François Amadieu (éditions Odile Jacob, 2002) une étude sociologique très complète qui dresse un tableau assez sombre de la situation actuelle, en l'abordant par divers biais : scolaire, matrimonial, professionnel ou encore judiciaire. Le constat est accablant : la prime à la beauté existe bel et bien !

J'aimerais, en outre, remercier le Centre national du livre, qui a généreusement aidé à la publication de ce roman.

Une certaine tendance…

Depuis toujours, la beauté a joué un rôle d'ascenseur social pour celles et ceux que la nature avait, comme ont dit, généreusement gâtés. Rien que ces dernières décennies, on a vu des apprentis charcutiers accéder au rang de star de cinéma (Alain Delon), des jeunes filles sorties de nulle part se métamorphoser en top models multimillionnaires (la liste serait trop longue) ou encore des roturières devenir baronnes (Nadine de Rothschild). On sait d'ailleurs que les femmes attirantes sont les plus « demandées » sur le marché matrimonial[1]. Elles ont donc un éventail de choix plus large, et de meilleures chances d'améliorer leur sort ou, au minimum, de maintenir leur niveau de vie.

Fait relativement nouveau, la « beautécratie » est en train de glisser vers le monde du travail, où l'on privilégie de plus en plus le contact, les relations publiques, bref : le paraître ! Nous sommes entrés dans l'ère du *look*. « Désormais, écrit Jean-François Amadieu dans *Le Poids des apparences*, l'apparence dévoile, plus que par le passé, des "vérités intérieures", une personnalité. »

Et cela ne s'applique pas seulement aux métiers de représentation (acteurs, chanteurs, etc.) : partout ailleurs, ou presque, à niveau de compétence et de diplôme égal, c'est la beauté qui fait la différence ! Des études menées sur des CV envoyés avec photo l'ont clairement démontré (voir plus loin). La beauté est maintenant une sorte de piston, au même titre que les relations. Et comme « qui se ressemble s'as-

1. Anne Fohr, *le Nouvel Observateur*, 15-01-2004.

semble », cette cooptation entre beaux ne fait que doubler la fameuse « fracture sociale » d'une véritable « fracture esthétique »... d'autant plus que le « patrimoine beauté » se transmet de génération en génération. Comme le note l'historien Philippe Perrot, « l'indigence, le labeur, les maternités, la maladie marquent, usent, tordent les corps, les plient, les voûtent, les rident précocement, là où l'aisance, l'oisiveté et la santé permettent de les entretenir[2] ».

Bien sûr, la situation décrite dans mon histoire relève du scénario-catastrophe : néanmoins, prenons garde de ne pas nous réveiller un jour dans une société où le physique vous positionnerait d'office dans une « France d'en haut » ou « d'en bas », selon les critères esthétiques du moment !

Christophe Lambert

---

2. P. Perrot, *Le Travail des apparences – le corps féminin aux XVIIIe-XIXe siècles*, Le Seuil, 1984, repris dans *Le Poids des apparences* de J.-F. Amadieu.

Table des matières

L'auteur : Christophe LAMBERT

Christophe Lambert est né en 1969 en région parisienne. Découvert par Denis Guiot, il obtient le prix Ozone dès son premier roman de SF jeunesse, La Nuit des mutants *(Vertige SF, Hachette Jeunesse, 1997). Suivront, chez différents éditeurs,* Meurtres à 30 000 km/s *(1998), un impressionnant roman-catastrophe,* Titanic 2012 *(1999), un thriller pour adultes,* Les Étoiles meurent aussi *(2000), une trilogie de* space opera, Les Chroniques d'Arkhadie *(2001/2003), des romans historiques (*L'Or et la Boue, *2002), etc.*

La force de Christophe Lambert est d'intéresser tous les publics, les jeunes comme les moins jeunes, avec des romans dynamiques, intelligents, variés et pleins de suspense, tels que Le Souffle de Mars *(2001),* Clone connexion *(2002),* Souviens-toi d'Alamo *(2002) et* Petit Frère *(2003), tous parus dans la collection « Autres Mondes », dont il est un des piliers. Christophe Lambert est aussi au sommaire des anthologies* Graines de Futurs *(2000) et* Demain la Terre *(2003).*

Ces derniers temps, Christophe Lambert exploite avec bonheur le courant sociologie-fiction, dénonçant avec finesse les dérives de notre société. Avec La loi du plus beau, *il s'attaque, non sans humour, à la « dictature de la beauté ».*

L'illustrateur : MANCHU

Manchu est né en 1956. Le film de Stanley Kubrick, 2001, l'Odyssée de l'espace *(1968) et les premiers pas de Neil Armstrong sur la Lune (1969) ont marqué son adolescence. Mais comme il savait mieux se servir d'un crayon que d'une règle à calcul, Manchu est devenu peintre « space art », plutôt que cosmonaute. Il a travaillé pour* Il était une fois… l'espace *(FR 3) et sur le jeu de rôle* L'empire galactique, *collaboré à la revue* Ciel et Espace, *illustré de nombreuses collections de science-fiction (« Le Livre de Poche SF », « Présence du Futur », « Vertige SF », « Lunes d'Encre », etc.) et fait le design de la série* Amenophis IV, *bande dessinée de Dieter et Étienne Le Roux (Delcourt, 2000 et 2002).*

Manchu a fini en beauté le millénaire précédent en exposant à La Maison d'Ailleurs à Yverdon (Suisse) et dans toutes les grandes manifestations SF de l'année 2000 (les Galaxiales à Nancy, Étonnants Voyageurs à Saint-Malo, Utopia à Nantes), et en recevant le grand prix de l'Imaginaire 2001. Il inaugure brillamment le troisième millénaire en décrochant le prix Visions du futur, en étant au sommaire de l'édition 2002 du prestigieux album américain Spectrum *et en exposant au château de Tours (été 2003).*

Science (Fiction) *(Delcourt, 2002) est un magnifique livre d'art qui regroupe ses meilleures illustrations, dont certaines couvertures de la collection « Autres Mondes ». Dans la préface, Gérard Klein écrit : « Dans l'art difficile du réalisme impossible, Manchu est certainement l'un des meilleurs, voire le meilleur. »*

La Loi du plus beau *est le 15e titre que Manchu illustre pour « Autres Mondes ».*

AUTRES MONDES

Collection dirigée par Denis Guiot
Pour tout lecteur, dès onze ans

Une exploration passionnante de
l'imaginaire de science-fiction :
réalités virtuelles et truquées, planètes lointaines,
rencontres avec des extraterrestres,
mondes parallèles de la *fantasy*,
voyages dans le temps, sociétés futures, *Homo futuris*…

Une invitation à l'aventure, au rêve et à la réflexion
pour les jeunes du troisième millénaire.

« Un des partis pris de cette nouvelle collection de Mango intitulée Autres Mondes *et dirigée par Denis Guiot, parfait connaisseur de la science-fiction jeunesse, est de stimuler autant l'imagination que la réflexion. »*
Frédérique Roussel, Libération.

TITRES DÉJÀ PARUS

1. GRAINES DE FUTURS

Anthologie dirigée par Denis Guiot,
préface d'Albert Jacquard

Sept nouvelles pour explorer le XXIE SIÈCLE, sept graines de futurs plantées par les meilleurs écrivains de science-fiction pour la jeunesse : Ange, Robert Belfiore, Christian Grenier, Alain Grousset, Jean-Pierre Hubert, Christophe Lambert, Danielle Martinigol et Joëlle Wintrebert

2. LES CENDRES DE LIGNA

par Jean-Pierre Hubert

La planète Ligna toute entière se révolte contre les colons sans scrupule qui l'exploitent.

« [...] *un planète opéra développant une thématique écologique de façon très intelligente et avec une grâce d'écriture peu commune* » (Jacques Baudou, *Le Monde*)

3. L'ŒIL DES DIEUX

par Ange

PRIX ADOS RENNES/ILLE-ET-VILAINE 2001-2002
PRIX J'AI LU, J'ELIS 2001 des Ados de la Ville d'Angers
PRIX PLAISIRS DE LIRE 2002, du département de l'Yonne, 6e-5e
PRIX ARDEP/Ile-de-France 2001-2002

Âgés de neuf à 14 ans, Mina, Jeff et les autres ont toujours vécu à l'intérieur de la Bulle. Mais celle-ci se déglingue et se transforme en piège mortel.

4. LE SOUFFLE DE MARS
par Christophe Lambert

Mars, année 2121. La colonisation a commencé. Mais sous les sables de la planète rouge est tapie une terrible menace. Un implacable suspense sur lequel plane l'ombre de Lovecraft.

5. LES ABÎMES D'AUTREMER
(Trilogie des Abîmes, tome 1)
par Danielle Martinigol
GRAND PRIX DE L'IMAGINAIRE 2002
PRIX E. LECLERC DU ROMAN JEUNESSE 2002 du Salon de Rueil-Malmaison
PRIX CHRONOS 2003, 4e-3e
PRIX ALIZÉ des collégiens de Vienne, 4e-3e

Sandiane et son père, grand reporter, sont bien décidés à percer le secret des Abîmes, ces astronefs fabuleux originaires de la farouche planète-océan Autremer.

6. SQUATTEUR DE RÊVE !
par Dany Jeury

Victime d'un grave accident de skate, Thibaut est depuis une semaine dans le coma. Qui est ce punk aux cheveux rouges qui vient squatter son rêve ? Ami ou ennemi ?

« Pour ceux qui aiment rêver et squatter les rêves des autres, ce premier roman à l'écriture simple et d'une grande fraîcheur sera un vrai bonheur. » (www.noosfere.org)

7. LES VISAGES DE L'HUMAIN
Anthologie dirigée par Denis Guiot, préface d'Axel Kahn

Cloné, manipulé génétiquement, transformé en être virtuel ou en cyborg : que sera l'homme de demain ? Six nouvelles décapantes signées Jean-Pierre Andrevon, Fabrice Colin, Christian Grenier, Gudule, Jean-Pierre Hubert et Éric Simard.

8. LES CHIMÈRES DE LA MORT
par Éric Simard
PRIX COMME DANS UN LIVRE 2003
des Ados de Questembert

Généticien de génie, Bran a légué par testament à son frère une étrange créature, fruit de ses recherches interdites : Onyx, une chimère mi-humaine, mi-féline. Quels sont les pouvoirs d'Onyx ?

9. LES ENFANTS DE LA LUNE
par Fabrice Colin
18e GRAND PRIX DES JEUNES LECTEURS
organisé par la PEEP

Paris sous l'Occupation. Deux jours avant Noël, le jeune Adrien reçoit un étrange message destiné en fait à son grand-père, mort il y a plus de dix ans, qui lui demande de venir au secours du mystérieux peuple Annwyn.

10. CLONE CONNEXION
par Christophe Lambert

Spécialisée dans le Web quantique, la Con Amalgam utilise-t-elle illégalement des clones pour se connecter dans l'Intersphère ?

« Prenant, mais pas seulement. Ce roman musclé pose, mine de rien, toutes sortes de questions sur notre société et notre envie de vouloir ressembler aux autres. » (*Okapi*)

11. LES REBELLES DE GANDAHAR
par Jean-Pierre Andrevon

Venant de la Terre mythique, la belle Athna a débarqué sur Tridan et plus rien n'est comme avant dans le paisible royaume de Gandahar. Même le chevalier Sylvin semble envoûté ! Heureusement, la douce Airelle à la peau bleue se rebelle.

12. SA MAJESTÉ DES CLONES
par Jean-Pierre Hubert

Une navette ayant à son bord une vingtaine d'enfants terriens s'écrase sur une planète sauvage, en bordure d'un lagon. Un hommage audacieux et parfaitement réussi au fameux roman de William Golding, *Sa Majesté des mouches*.

13. PROJET OXATAN
par Fabrice Colin
PRIX GAYANT LECTURE 2003 du Salon du Livre de Douai
15e LIVRE D'OR DES JEUNES LECTEURS
(cat. sénior), Valenciennes 2004
PRIX DES INCORRUPTIBLES, 2003-2004, 4e-3e

Sous la garde de leur gouvernante un peu folle, quatre adolescents vivent reclus dans une grande maison au cœur d'une jungle luxuriante hantée par des ogres. Qui sont ces enfants et quel épouvantable secret cache le projet oXatan ? Un oppressant conte de fées du futur, mêlant manipulations génétiques et peurs ancestrales.

14. SOUVIENS-TOI D'ALAMO !
par Christophe Lambert

Aspirée par un tourbillon temporel, une patrouille de bombardiers de la Seconde Guerre mondiale atterrit le 18 février 1836 à Fort Alamo, peu de temps avant la fameuse bataille. De quoi changer le cours de l'Histoire des États-Unis ! Un surprenant western SF !

15. KAENA, LA PROPHÉTIE
par Pierre Bordage

Axis, le monde-arbre est en danger de mort car sa sève s'épuise. En vain, les dieux sont implorés. Kaena, une jeune fille déterminée, va braver les tabous de sa tribu et se lancer dans un périlleux voyage, jusqu'aux racines d'Axis.

16. ALLERS SIMPLES POUR LE FUTUR
par Christian Grenier

En six nouvelles passionnantes, le monde de demain vu par Christian Grenier : réalité virtuelle, conquête de l'espace, environnement menacé, manipulations génétiques.

17. DEMAIN LA TERRE
Anthologie dirigée par Denis Guiot,
préface de Joël de Rosnay

Quelle planète pour demain ? Pour sauver la Terre, le compte à rebours est commencé ! Cinq nouvelles percutantes signées Jean-Pierre Andrevon, Jean-Pierre Hubert, Christophe Lambert et Danielle Martinigol.

« Un outil de sensibilisation essentiel à l'usage de toutes les générations » (*Lire au collège*)

18. L'ORACLE D'ÉGYPTE
par Éric Simard
PRIX ARDEP/Ile-de-France, 2003-2004

Les généticiens de la société Chimerics ont réussi à créer des chimères à l'image des dieux égyptiens. Un surprenant roman plein de suspense qui même manipulations génétiques et les dieux de l'Ancienne Égypte.

19. MISSION BRUME
par Christian Léourier

Héros de l'Union, le glorieux Fergus est porté disparu sur la planète Brume. À la tête d'un commando, sa fille part à sa recherche. Les membres de l'expédition disparaissent les uns après les autres. Quelle horrible menace se cache dans les marais de Brume ? Un grand roman d'aventures exotiques doublé d'une réflexion politique sur le fascisme.

20. CYBERPAN

par Fabrice Colin

GRAND PRIX DE L'IMAGINAIRE 2004

Contaminé par un virus contacté sur le RealWeb, un jeune garçon se prend pour Peter Pan.
Il kidnappe Wendy et vole jusqu'au Pays de Nulle Part, une île artificielle sur laquelle vit le Capitaine Crochet, un savant fou qui mène des expériences odieuses sur les Enfants Perdus. Une lutte impitoyable s'engage. Une brillante et passionnante relecture du chef-d'œuvre de James Barrie.

21. PETIT FRÈRE

par Christophe Lambert

Comment résister lorsqu'on vous propose de « ressusciter » par clonage votre fils mort à l'âge de dix ans ? Un roman d'une brûlante actualité qui dénonce les liens sulfureux entre les sectes et le clonage.

« Ce nouveau roman de Christophe Lambert, à la narration fluide, est donc excellent à plus d'un titre et pourra être apprécié par un public très large et pour différentes raisons. Petit frère *peut se lire comme un roman de science-fiction : un humain meurt et la science est à même de le reproduire ; comme un roman d'action : les péripéties y sont nombreuses et le dénouement réussi ; comme une réflexion pour ceux qui veulent aller plus loin sur les méthodes des sectes, l'idéologie néo-nazie et les théories racistes professées par certains groupuscules disséminés un peu partout dans notre monde. »* (www.noosfere.org)

22. DANS LES LARMES DE GAÏA

par Nathalie Le Gendre

PRIX INTER-COLLÈGES 2003-2004, 6e-5e

La Guerre ultime a ravagé la planète, qui s'est révoltée et a noyé l'humanité dans un gigantesque océan de larmes. Seule étincelle de vie, une Archebulle flotte, ballottée au gré des courants. L'abordage

d'une terre émergée va permettre à deux adolescents que tout oppose, Natanae et Morphée, de se rencontrer. Ils vont découvrir le mystère qui entoure l'Archebulle, braver les interdits et fuir les menaces qui planent sur leurs têtes.
Un hymne farouche à la liberté, des héros profondément attachants, un premier roman palpitant d'émotion à l'écriture haletante.

« Un roman bouleversant, qui porte le lecteur sur le roulis de cet océan de larmes » (www.critiques-lirejeunesse.com)

23. LES SONNEURS NOIRS

par Jean-Pierre Hubert
Postface de Gilles Servat

La technopole d'Holoss a banni la musique, considérant que cet « art égoïste » a contribué à la grande catastrophe qui a failli détruire notre civilisation. Mais le jeune Joz a une passion : fabriquer des instruments de musique et inventer des mélodies. Considéré comme un rebelle, il devra s'exiler avec ses amis. Un splendide roman d'apprentissage, où l'amour, la musique et la danse débouchent sur la révolte.

« Un régal émotionnel déroutant et passionnant qui se mêle à un fort message politique. Hubert n'hésite pas à interpréter cette chanson littéraire à tendances anarchistes, comme le faisait si bien Léo Ferré, à cracher sa révolte humaine, son indignation et son cri d'alarme. »

(Michaël Espinosa, *www.lefantastique.net)*

24. MÓSA WÒSA

par Nathalie Le Gendre

Début du XXIIe siècle. Profitant du Grand Désordre Climatique qui a désertifié le continent nord-américain et décimé la population, les tribus indiennes ont décidé de renouer avec leurs coutumes. Elles vivent désormais à la manière de leurs ancêtres dans des Oasis miraculeusement épargnées par le cataclysme, tandis que les

Blancs s'entassent dans des gigantesques technopoles climatisées. Cet affrontement de deux civilisations va se cristalliser dans la rencontre entre Mósa, un jeune Indien de l'Oasis Lakota, et Wòsa un jeune punk xénophobe de la TechnoCi-T/4, ce dernier étant le frère jumeau du premier.
Mais Wòsa est-il vraiment ce qu'il pense être ? Atteint d'une maladie incurable, parviendra-t-il, avec l'aide de Stenátliha, la jeune chamane amie de Mósa, à accepter sa Vérité et à retrouver le goût de la vie ?
Un roman intense, vibrant d'émotion, d'une grande richesse psychologique.

« Ce deuxième roman confirme l'impression laissée par Dans les larmes de Gaïa, *à savoir l'apparition d'un auteur de toute première grandeur dans le secteur de la SF pour la jeunesse »*

(Jacques Baudou, *Le Monde)*

25. L'ENVOL DE L'ABÎME
(Trilogie des Abîmes, tome 2)
par Danielle Martinigol

Quinze ans ont passé depuis la révélation du secret des Abîmes d'Autremer. Surgissant de l'inconnu, un Abîme sauvage vient semer le trouble sur la planète Autremer. D'où vient-il ? Qui est-il ? Qui arrivera à être son *perl* ?
Se situant dans le même univers que *Les Abîmes d'Autremer*, ce roman peut se lire de manière indépendante, même si le lecteur retrouvera avec plaisir des vieilles connaissances comme Sandiane, Mel et leurs fabuleux Abîmes.
Un nouveau voyage spatio-romantique aux limites de l'Univers !

26. LA LOI DU PLUS BEAU
par Christophe Lambert

Années 2020. Sous la pression accrue des médias, la beauté physique est devenue une valeur incontournable de la société. Les citoyens sont classés sur une échelle allant de 1 à 5. Catégorie 1 :

vous êtes très laid(e), donc bon(ne) à jeter à la poubelle. Catégorie 5 : vous êtes beau (belle) comme un dieu (une déesse). Modifications génétiques et chirurgie esthétique sont devenues monnaie courante... dans les milieux favorisés ! Quelle place reste-t-il pour les autres, ceux qui n'ont pas accès à ces (coûteux) artifices ?
Christophe Lambert dénonce la dictature de la beauté et de l'apparence, qui font déjà des ravages à notre époque, en particulier chez les ados. En parallèle, il aborde la question du terrorisme, car comment dire « Non, à la dictature de la beauté », lorsque tous les moyens légaux ont été épuisés ?
Un roman-choc, au rythme trépidant. Du pur Lambert, quoi !

À PARAÎTRE
EN OCTOBRE 2004

27. SPRAGUE
par Rodolphe

Loin dans le temps et dans l'espace, sur une planète étrangère. Un jour, la mer s'est retirée et n'est pas revenue, laissant à sec le port de Sprague. Lassés d'attendre le retour de la mer, les jumeaux Pip et Viv affrètent un navire à roues, le fameux *Tapinoir* commandé par l'impressionnant capitaine aveugle O'Norton, et mettent le cap à l'houest. Après de multiples péripéties, les jumeaux arrivent au bout de leur quête et découvrent avec stupéfaction qui leur a volé leur mer !
Un roman picaresque, mystérieux et poétique, beau comme un rêve d'aventures.

À PARAÎTRE
EN NOVEMBRE 2004

28. LE MENSONGE DU SIÈCLE
par Fabrice Colin

Pire que dans *Independance Day*, *Mars Attacks* et *La Guerre des mondes*, les extraterrestres arrivent et veulent détruire la Terre. Mais pas de panique ! Ce n'est qu'un gros coup de bluff monté par la CIA pour redorer le blason du président des Etats-Unis en vrille dans les sondages.
Hélas, un extraterrestre peut en cacher un autre. Et là, c'est la réalité. Heureusement, Jason Palomino, surdoué de 14 ans est là pour sauver le monde. Laissez-lui le temps de finir son Coca Light.

Impression réalisée sur CAMERON par

BRODARD & TAUPIN

GROUPE CPI

La Flèche
en août 2004

Imprimé en France
N° d'impression : 24572
Dépôt légal : août 2004